Opal
オパール文庫

逃がさないよ？
ケダモノ外科医、恋を知る

伽月るーこ

JN267125

プランタン出版

目次

第一話　食べてもいい？　7
第二話　今だけ、愛させて？　32
第三話　おねだり、してごらん？　60
第四話　君は誰？　86
第五話　また、会ったね？　111
第六話　本気だよ？　134
第七話　やめてあげないよ？　161
第八話　誰を、いじめているの？　188
第九話　どれが、嘘？　213
第十話　逃がさないよ？　235
番外編　おいしそうだね？　279
あとがき　302

※本作品の内容はすべてフィクションです。

第一話　食べてもいい？

ぐしゃ。

飲みかけのドリンクカップを握りしめた音で、若宮芽衣子《わかみやめいこ》は自分が限界に近いことを知った。上映中のスクリーンを前に立ち上がり、マナーなんてなんのその、スカスカの劇場から出て行く。

「泣ける映画だなんて、嘘ばっかり！」

映画館から出てしばらくしたところで、芽衣子はとうとう不満をぶちまけた。

最近仕事を変えたばかりでストレスはたまるし、いいこともない。せっかくの休日なんだから「泣ける映画を観よう！」と思い立ったわけである。仕事で疲弊《ひへい》した心を軽くするために、クローゼットからとっておきの服を選んだ。

柄物をあまり着ない芽衣子にしては珍しく、ベージュに黒のドット柄のシフォンチュニックにチュールスカート。上着も着て準備万端。出かける前にシューズラックを見た瞬間『ステキな靴を履くと、その靴がステキな場所に連れて行ってくれる』という、フランスのことわざが頭をよぎった。そこでいつもの履きなれたブーツではなく、つま先にかわいらしい薔薇《ばら》のコサージュがついているものを選んだ。

休日でもここまでしないおしゃれをしてモチベーションを上げたあとは、ちょっと特別な日を過ごすために、思いきって都心に出かけた。

それなのに。

あおり文に騙《だま》されて入った映画はハズレもハズレ、大ハズレ。まったく泣ける内容の映画ではなく、主人公に共感できないという、むしろ逆にストレスのたまるタイプのものだった。

「私の一八〇〇円返せ！」

期待どおりじゃない映画に思わず本音を吐き出すと、思いのほかすっきりした。それでもまだ腹立たしい気持ちは収まらない。もやもやを抱えたまま、芽衣子が石畳のなだらかな坂を歩いていると――。

「え」

滅多に履かない靴というのは何が起きるかわからない。今、まさに芽衣子を襲ったのは、そんな偶然であり、必然だった。――つまり、本人の意思とは関係なく、身体《からだ》が前のめりになっていた。しかも、たまたま通りかかった男性に向かって。

「ど、どいてくださ……っ!!」

「は？」

直後、何が起きても自分で責任を取ろうと覚悟を決めて目を閉じる。もちろん、次にくるだろう痛みも覚悟した。の、だが。

「いったぁ……く、ない？」

想像していた痛みがなくて、逆に首をひねる。その直後、声が聞こえた。

「……俺が、下敷きになったからね」

咄嗟《とつさ》に顔を上げれば、よれよれのコートを着た冴《さ》えない男が、頭から何かをたらりと流していた。当然のことながら、芽衣子の下で。その光景に慌てて頭を下げる。

「ごめんなさいっ！」

「押し倒されるのは構わないけど……、これ、君の？」

男が目線を頭上に向けた。同じように視線を向かわせた芽衣子の目に飛び込んできたのは、手に持っていたはずのつぶれかけのドリンクカップだ。ご丁寧に蓋《ふた》が開いた状態で、目の前で氷がころりところがり落ちる。彼の頭からはほのかにジンジャーエールの香りがした。自分が飲んでいたものを思い出して、みるみる血の気が引いていく。

「ごめんなさい、ごめんなさい、ごめんなさいっ!!」

頭上にあるドリンクカップを取るためにも、一刻も早く退《ど》かなければいけない！　という思いから、その場で立ち上がろうとしたのだが、男が慌ててそれを制止した。

「こら、急に立つな！」

直後、右足首に走った激痛でバランスを崩し、再び倒れこむ。それを予測していただろう男は、上手に芽衣子を抱きとめてくれた。

「言わんこっちゃない……」

頭の後ろと腰にがっしりと腕を回され、そこから熱が伝わってくる。ぴったりと合わさる胸の間には服があるはずなのに、なぜか彼の鼓動が聞こえてきた。

「最初転んだとき、どこか変にひねったんだろ。たぶん捻挫《ねんざ》してる」

足首がさっきからじんじんとひどく痛む。どうりで、と納得した。そんな芽衣子を抱きしめたまま上半身を起こした男は、右足首を見て言った。

「これだとわからないな……。どれ」

冴えないように見えたはずの男が、軽々と芽衣子を抱き上げた。息を呑んで数秒宙を舞ったのち、歩道脇にある花壇ブロックの上に座らせられる。その一連の動作があまりにも自然で、芽衣子が驚いている間に彼は目の前で跪《ひざまず》いていた。

「あー、やっぱり」

彼の大きくてひんやりした手がニーハイを脱がし、芽衣子の素足にそっと触れる。腫《は》れ

てる足首にはちょうどいい温度だ。抱きしめられたときにも思ったけれど、案外ごつごつした男らしい手をしている。

「骨は折れてないと思うけど、結構豪快にひねったな」

そう言って男が前髪をかき上げた瞬間、何かが心に引っかかった。どこかで会ったことがあるような感覚に近いのだが、それがどこなのかはわからない。しかしこの男、着ている服装が地味だから気づかなかったが、かなり端整な顔立ちをしている。

少しぼさぼさの黒髪、黒縁眼鏡の奥に隠されたきりっとした茶色の瞳。少し厚い唇はやわらかそうだった。

「とりあえず、応急処置だな」

男の声を聞くまで、見惚れていたことに気づけなかった。慌てて我に返る芽衣子の前で、男はドリンクカップを手にする。それからほとんどないジュースを捨て、少量の氷をハンカチの間に挟み、足首を固定するように巻いた。強く力を加えられるとさすがに痛かったが、声をこらえることで叫ぶのは回避できた。

「……結構痛いはずなのにその程度の声ってことは、ずいぶんと我慢強いんだな」

彼はまるで子どもを褒《ほ》めるように、頭に手をのせてくる。

そして、見ている者の心をきゅんとさせてしまうほど、魅力のある甘い笑顔を向けた。

きゅっと心が締めつけられるような思いをした芽衣子は、また彼にささやかな既視感を覚える。

「さて、と」

頭の端に引っかかった記憶を手繰り寄せようとしたところで、再び男の声で我に返った。

「取り急ぎ、応急処置はすませた。これから腫れると思うから、帰ったらちゃんと冷やして、心臓よりも高い位置に患部を置くように」

「……はい」

「それから、靴はだめだな。さっきの片方、根元からヒールが折れてた」

ぷらりと見せてくれたのは、無残《むざん》な姿になった片方の靴だ。結婚式のときに決まって履く定番の靴だっただけに、気分が下がる。正直言って、落ち込んだ。

「あと、その足だと帰れないだろうから、家まで送るよ」

立ち上がった男は思ったよりも大きく、芽衣子はしばらく見上げてしまった。王子さまのようにそっと差し出された手に、思わず自分の手を重ねようとした瞬間、その手を思い切り引っ込める。

「そこまでしていただくわけには……!!」

というか、むしろこの寒空の下でジュースを頭からかぶらせてしまった自分の失態を思い出して、どこから謝ればいいのかわからなくなった。口をぱくぱくさせる芽衣子に、男は視線を合わせてあの蕩《とろ》けるような笑顔で微笑む。

「じゃあ、君が頭に食らわしてくれたジュースの埋め合わせに、これからの時間を俺にちょうだいよ」

ぼさぼさ頭の、中途半端にいい男からの口説き文句に目の前がチカチカした。

もちろんジュースの件は申し訳ないし、転びそうになっていた芽衣子を受け止めて一緒に倒れてくれたこと、それから捻挫《ねんざ》の迅速な手当てにはとても感謝している。でも、ここで彼の手を取るのはなんだか嫌だった。

「失恋の痛手に俺を利用してるような気がするから、うんって言ってくれないのかな」

あたらずといえどもとおからず。思わず男に向かって目を見開く。そんな芽衣子の様子を楽しんでいるかのように、彼は名探偵よろしく芽衣子の隣に座った。

「気合を入れて綺麗にしている女性が、彼氏も連れずに一人で映画館から出てきたら、俺ならまず勘ぐるね。俺の経験上、友達と喧嘩《けんか》したぐらいじゃここまで気合は入れない。でも、失恋だったら話は別」

「……それで、私は後者だと？」

「カマかけてみたらしっかり動揺してたし、間違ってはないんじゃない？」

これだからイケメンは。

思ったことを口に出さず胸中で吐き出した芽衣子は息を吐いた。

「よく人を見ているんですね」

「俺みたいな悪い男は、美人に弱いんだ」

「……そうですか」

「で、俺に持ち帰られてくれる気になった？」

微笑んだ男に、にっこり微笑む。

「そういうわけにはいかないので、連絡先を教えてください。後日改めてお詫びを」

「今がいい」

「……はい？」

「俺は、今がいい」

「申し訳ありませんが」

「風邪ひきそうなんだ」

その言葉に笑顔が凍る。寒空の下で氷入りのジュースは水を浴びるよりも嫌だ。身体は冷えるし、なによりも髪の毛がべたつく。背筋に冷たいものが走る芽衣子に、男はニヤリと笑った。

「じゃ、俺のうちで決まりな」

「は？　って、ちょっとあの!!」

「捻挫の治療もちゃんとしたいからさ」

何を言っているのか意味がわからない。戸惑いを隠せない芽衣子を突然抱き上げた男が、驚きの一言を放った。

「俺、医者なんだ」

「ええ⁉」

まさかこの胡散臭《うさんくさ》い男が医者だとは思わず、驚きの声をあげた。その様子に、男が楽しげに笑う。抱き上げられた腕の中で、今までの出来事を思い返してみれば、一般人よりも的確な応急処置を、しかも手際よくこなしていた。芽衣子も似たような職場に勤めているせいか、なおさら違和感を覚えなかったのだろう。

(すごいな……じゃ、ない‼)

今の暴挙を忘れて思わず感心しそうになる気持ちを、慌てて打ち消す。

「下ろしてください！」

「嫌だ」

「おーろーせー！」

「こら、大きな声を出さない。恥ずかしい思いをするのは君のほうなんだよ?」

「ていうか、持ち帰るなら私以外にして！」

「いーやーだ。君がいい」

ふざけるな。

耳元で叫ぼうとしたが、強がってもこの足だ。帰るならタクシーだし、今手元に自宅に帰るまでのタクシー代なんて残っていない。やっぱり映画なんて観なければよかった、と後悔が頭をよぎったが、過ぎてしまったことを嘆いても意味がなかった。

そうやって冷静に考えていたら、抵抗する力も気力もなくなってきた。

「そうそう。捻挫してるんだから、おとなしく医者の言うことをきこうな」

耳元で囁《ささや》かれた声が、なぜか甘く聞こえる不思議。これがいい男の特権なのかと思うと殺意が芽生える。こういう男がいるから、騙される女がいるんだ。彼のような男はどこにだっている。前の職場にもいたし、当然、今の職場にも例外はない。

『若宮ちゃんはうちにきたばかりで知らないと思うけど、あの外科医には気をつけて。イケメンだけど女癖悪いから、名前は——』

ふと浮かんだのは休日前に忠告をしてくれた先輩の声と、その人物の背中だ。転職したばかりで、当然のことながら、芽衣子は職場全員の顔を覚えていない。そのせいか、なんとなくイケメンと医者という単語に嫌な予感がした。

(まさか……ね)

そんな偶然、ドラマの中でしかないはずだ。先ほど覚えた違和感も手伝ってか、不安は大きくなる。しかし、もう後戻りはできなかった。パーキングに着いてしまう。

「そういえば、名乗ってなかったね」

黒のマークXの助手席に芽衣子を乗せた男は、運転席で言った。名前の話題になった瞬間、なぜか嫌な予感が勝った芽衣子は、黙って彼の声に耳を傾ける。同時に、脳内で先輩同僚の声が再生された。

『名前は』

「各務良真《かがみりようま》」

『良い子じゃないのに良真、って覚えておくといいよ』

記憶に残っている名前と、運転席で名乗った男の名前が一致した。

「よろしく」

その瞬間、院内で看護師に取り巻かれている記憶の中の外科医と、運転席の男の顔が重なった。仕事中はきちんとした格好と髪型をしていたせいか、まさかプライベートがこんなによろよろだなんて誰が想像できるだろう。しかも、院内で見かけたときは眼鏡をかけてなかったせいか、イメージがだいぶ違う。

(騙された!)

と、思ったときには後の祭りだ。

転職先である槻野辺《つきのべ》病院で、人気のイケメン外科医・各務良真とプライベートで会っていたと噂されたら最後、取り巻きの看護師に何をされるかわからない。

芽衣子は、自分の職業が管理栄養士《かんりえいようし》でよかったと心から思った。平和に仕事を続けていくにあたって、人間関係のトラブルは避けるに限る。どうでもいいことで職場を失《な》くすのだけは、二度とごめんだ。特に女という生き物は『恋愛』が絡むとどうしても面倒なことになる。だったら、はじめから関わらない。そういう意味で、芽衣子は病院内で人気を集める医師の情報については記憶の隅にとどめておく努力をしていた。

ありがたいことに、彼はまだ芽衣子が同じ院内で働いている管理栄養士だと気づいていない。芽衣子だけが良真のことを知っている状況だ。落ち着いて行動すれば、バレることはないだろう。加えて、モチベーションを上げるために着飾った自分を褒めてやりたかった。普段、とても地味な格好をしているため今日の格好とギャップがある。これで仕事中に気づかれる可能性も低い。

心の中でガッツポーズを決めた芽衣子は、落ち着いて笑顔を作った。

「各務さん、ですか」

「あ、良真でいいよ」

「……じゃあ、良真さんで」

「おっけ。で、君は？」

「…………………メイです」

職場が同じだというのに本名を名乗るばかはいない。芽衣子は笑顔でこれ以上訊《き》くなと言わんばかりに念を押した。

「メイって呼んでください」

「ふーん。……羊みたいにかわいいと思ったら、本当に羊みたいな名前なんだな」

「え？」

「めぇって、鳴くだろ羊って」

「……それ、冗談で言ってます？」

「いや、かわいがってるだけだろ」

なんだかからかわれたような気がする。むくれる芽衣子に、良真は笑いながらアクセルを踏んだ。そうして、車を走らせること十五分。

「家、近くなんだ」

と、言うだけあってすぐに彼の住むマンションに着いた。見るからにおしゃれな外観のデザイナーズマンションだ。胡蝶蘭《こちょうらん》などが飾ってある高級感溢れるエントランスは、暗証番号でロックを開けるタイプだった。自分の住んでいるところと比べたらいけない、そう思うのだが、物珍しそうに周囲を見てしまう。が、エレベーターが到着する音で我に返った芽衣子は、小さく首を横に振った。そんなことよりも、自分の心配だ、と。各務良真の自宅に行ったなんて知られたら、あの取り巻き連中は目の色を変える、間違いなく。それを想像してゾッとする。往生際悪く、まだここから逃げ出すにはどうしたらいいのかを考えている間に、彼の部屋に着いてしまった。しかも、件《くだん》の良真にお姫さまだっこをされた状態で。

こんなところを誰かに見られたら、正直終わりだと思う。

「これからうちに入るけど、俺がいいって言うまでは目を閉じててほしいんだ」

「構いませんけど、靴が脱げませんよ？」

「俺が脱がせるから大丈夫。それに、これは俺の気分の問題だから」

なるほど。確かに、初めて連れてきた女性に部屋の中を見られるのが嫌いな男性もいる。

そういった無粋なことは芽衣子も嫌いなので、素直に目をつむった。

そこから先は耳に入ってくる音で判断することになる。

カチャカチャ、ガチャ。——鍵を差し込む音に、玄関のドアを開ける音。

ぱちっ。——これは、電気を点《つ》ける音。

彼が靴を脱ぎ、片方しかない芽衣子の靴を脱がせたあとは、しばらく歩く音が続く。

なんだかいろいろな香りが混ざっているような気がしたけれども、身近に感じる良真の香水の香りに包まれているせいか、特別気にはならなかった。

それから、——なにかしらの浮遊感がした。きっと階段でも上っているのだろう。小学生のとき、うたた寝した自分を父が二階の自室まで運んでくれたときと似たような感覚がした。そもそもマンションの一室で階段があるのは、中二階のある部屋ぐらいだ。目を開けてないからわからないが、たぶんそうだと思う。ずいぶんとおしゃれな部屋に住んでいるんだな、なんて思いながらも、落とされないようにしっかり彼の首に掴《つか》まった。

「……ずいぶんとかわいいな。ここが狼の部屋かもしれないのに」

「悪魔よりも、狼の部屋のほうがまだましですよ」

「言ってくれるね」

くくく、と喉《のど》の奥で笑った良真の足は階段を上り終えたらしい。浮遊感がぴたりとなくなった。再び歩く音が聞こえたら、――ドアノブを回して開く音。まもなく、やわらかなところに下ろされた。

いまだ素直に目を閉じている芽衣子は、眼前に人の気配を感じて考える。このまま目を閉じておくべきか、それとも身に迫ろうとしている危険を回避するべきか。

当然、選んだのは後者だ。

「お」

目前に迫っていた良真の端整な顔が、楽しげに綻《ほころ》んだ。もう一歩でキスされていたかもしれない距離で。

「何、してるんですか？」

「お姫さまを目覚めさせるには、キスが相場だろ」

唇を狙っていたことを飄々《ひょうひょう》と告げてくる良真に、にっこり微笑む。

「勝手にキスしたら、今すぐ股間を蹴り上げますよ」

「威勢のいい羊で、食うにはうまそうだ」

これまた楽しそうにつぶやいた良真の顔が、ぐっと近づいてきた。キスをされるのかと思って顔を背けたら、首筋にくちづけられてそのまま押し倒される。

「きゃっ」

スプリングのよくきいたベッドの上で、咎《とが》めるように良真の顔を見上げた。にやりと微笑むその顔は、まるで悪魔のようだった。

「なに」

「も、しないよ。言っただろ？　〝心臓よりも高い位置に患部を置くように〟って」

応急処置が終わったあとに言われたことを思い出した芽衣子を、目の前の男はそれはそれは楽しそうに眺めていた。

「……からかって楽しんでるんですか？」

「ささやかなおかえしだよ。ジュースの」

正直に言われて、何も言えずに押し黙った。転ぶところを助けてもらい、ジュースを頭からかぶらせ、あまつさえ捻挫の応急処置までしてもらった良真に、文句は言えない。

警戒心を解いたのがわかったのか、芽衣子の鼻の頭にやわらかな唇をそっと押しつけた良真は、ベッドから起き上がった。

「かわいい子は、どうにもいじめたくなる性質《たち》でね」

これはいじめではない、立派なセクハラだ。

「手を出すの間違いじゃなくて？」

「出してほしければ、俺を誘うといいよ。すぐにころっと落ちるから」

悪魔のような笑みを浮かべた良真は、芽衣子の寝ている位置を調整する。捻挫をしている右足首の下に大きなクッションを置き、応急処置に使ったハンカチを取って水タオルで綺麗に拭っていく。そして氷嚢《ひょうのう》の代わりにタオルでくるんだ保冷剤を足首に固定した。

「冷やしている間に、俺はシャワーを浴びてくる」

そう言って寝室から出て行った良真をベッドの上から見送った。男の香りがする部屋で一人になったのは、久しぶりだ。

しばらく、呆《ほう》けたように天井を見上げていた。

どれだけ時間が経っただろう。知らない間にリラックスしていたのか、よけいな力が抜けて、ベッドに身体が沈みこむ感覚を楽しんでいた。

次に、大きく息を吐いて頭を左側に傾ける。ベッドに顔を半分埋《うず》めると、良真の香りが鼻をくすぐった。ふと、ここに来る前に言われた『失恋の痛手』という言葉を思い出す。

別に男を失ったのは痛くない、痛いのは芽衣子の状況だ。

ああ、思い出すだけで悔しさで胸が詰まる。——やっぱり、

「一発殴っておけばよかったかな」

芽衣子に残ったのは、このむしゃくしゃした気持ちだけだった。釈然としない思いを抱えて、泣いてすっきりすることもできない。誰かにもたれかかって泣いたら楽になるのかもしれないが、女を武器にするような真似はしたくなかった。

心というのは、なかなかコントロールのできない代物だ。

気持ちを切り替えようと傾けていた頭を正面に戻すと、天井の代わりに良真の顔があった。

「っ⁉」

「残念。泣いてなかった」

びくりと肩を揺らす芽衣子に、良真はつまらなそうに言う。Vネックの長袖カットソーを着て眼鏡をかけた良真から地味さが消え、院内で見かける姿に近くなっていた。

考え事をしていたせいだろうか、良真がシャワーからあがったのが早く感じる。

「……良真さんは、泣いてる女性がお好きですか？」

「どうしてそう思うのかな」

「女性の涙が好きな男は悪趣味だから気をつけろって、以前人に言われたことがあって」

「ああ、男か」

にっこり微笑む良真の笑顔に一瞬苛立《いらだ》つが、あえてそれを表情に出さないでやり過ごす。

「さぁ。ご想像にお任せします」

「そ」

含み笑いだけを残した良真が離れていく。芽衣子はひっそり緊張を吐き出して起き上がった。

「さてと、それじゃあ固定しようか」

一応、タオルで患部の固定はされているが、それだけじゃ足りないらしい。良真はどこからか包帯を持ってきて、保冷剤をくるんだタオルの上から丁寧に巻いていく。

「痛い?」

「……いえ」

「痺れるとかは、ない?」

「特には……」

「じゃあ、大丈夫だ。あ、我慢してないよね」

捻挫直後はさすがに痛くて我慢をしていたが、あのときよりはだいぶ楽になっている。

「してません」

正直に答えた芽衣子に、彼は口元を綻ばせて顔を上げた。

「そういえば、女性がああやって痛いのを我慢してるときの声って、セクシーだよね」

できれば、その笑顔を向けないでほしい。

かっこいい男というのは、笑っているだけで心臓に悪い。この男はそれを知っててやっているように思えて、よけいに性質が悪かった。ベッドの上で処置を続ける良真から視線を逸らすことで、芽衣子は胸の高鳴りをどうにかやり過ごした。

「この格好もかわいくて、メイに似合ってる」

ニットカーディガンの下から覗くドット柄のシフォンチュニックを指で示して、彼は微笑む。

「それに、足も綺麗だ」

リップサービスなのか口説きたいだけなのか、真意が量《はか》れない芽衣子は返事ができなかった。

「……彼氏に見せようと思って買ったんだ？」

「どうしてもそういう話題に持っていくんですね」

「そこに寝不足のヒントでもあるのかなって思ったんだけど、……違った？」

良真に視線を戻すとすでに処置が終わっていて、下から彼に見上げられていた。

「さすがお医者さまですね、鋭い観察眼をお持ちで」

「褒めてるように聞こえるけど、声に棘《とげ》があるのは気のせいかな」

さっきからずっとからかわれているような気がして、この問答にも疲れてくる。そのせいか、気持ちが緩み、認めた。

「確かに最近寝不足気味ですけど、その理由は」

主に転職だ。新しい職場で人間関係を一から構築するのは、エネルギーがいる。加えて業務も入ってくるのだから、慣れるまでは精神が疲弊するのは当然だった。

が、それを素直に言ったら同じ職場の手前、どの情報で特定されるかわからない。

「理由は？」

興味津々といった様子で先を促す良真に、芽衣子は言いたくもない理由を口にした。

「――失恋、です」

屈辱的だった。自分からフッた恋だったのに『よくあることだ』と思わせるために、失恋という言葉を使うことが。しかも、あながち嘘じゃない。

『芽衣子は元が綺麗なんだから、もっとちゃんとすればいいのに』

最後に交わした彼との睦言《むつごと》は、確かこんな内容だった。もともとおしゃれに興味がなかった芽衣子は、自分が彼や妹が言うように綺麗だなんて思ったこともない。でも、少しだけ身なりに気を遣うことで、患者が親しみを持ってくれるのなら、と、少しだけ前に踏み出してみた。

それが、最悪な結果に繋がるなんて、このときの自分は想像もしていなかった。

彼の言っていたことは本当だったらしく、芽衣子が少し化粧をしただけで話しかけられることが多くなり、気がつけば患者だけでなく、医師からも声をかけられるようになっていた。

そこまではよかったのだが、食事に誘われるまでに発展して、正直困った。その中には人気のある医師もいて、芽衣子と内緒で付き合っていた彼も、その人と並ぶぐらいの人気者だった。付き合いを内緒にしていたせいで、院内では二人の男に迫られている美人管理栄養士だなどと言われ、陰では女の嫉妬《しっと》を受ける。芽衣子にとってはいい迷惑だ。患者のためにと思ってしたことが、まったく違う方向に進んでしまったのだから。

めんどくさい女のやっかみや嫉妬の嵐《あらし》に人間関係がおかしくなり、とうとう上司から、遠まわしに辞めてほしいと告げられた。

男なんて、いらなかったのに。

もっと楽しく仕事がしたかっただけなのに。

結局、彼とも縁を切ることにした。特別、彼に執着していたわけではないし、この気持ちのまま付き合えるほど神経も図太くなかった。

「……そんな顔をしてるってことは」

近くで、良真の声が聞こえる。

「ちゃんと、彼のことが好きだったんだね」

すとん、と声が心に落ちる。見上げた先にいるはずの良真は、芽衣子の隣にいた。

良真に言われた言葉を頭の中で繰り返す。

『好きだったんだね』

そうだ。少なくとも嫌いではなかった。尊重しながらも、お互いが結婚を意識するぐらいには、真剣に関係を深めていた。でもそれがうまくいかなくて、職場での人間関係が崩れたことで、彼との未来を諦めてしまえる自分に落胆して、追いかけてこなかった彼に腹が立っていた。

むしゃくしゃしていたのは、芽衣子自身の気持ち、だったのかもしれない。

「……」

そうか。二人が二人して自分の保身を考えたから、今になったんだ。

落ちた言葉が胸の中にあった複雑な気持ちを溶かしていく。

「今、自分がどんな顔してるか知ってる?」

ベッドの向かいにある大きな液晶テレビに映っているのは、芽衣子と良真がベッドに並ぶ姿。いくら電源がついてないからといっても、表情まではっきり見えない。

「わからない、です」

「じゃあ、教えてあげるよ」

顎《あご》を掴まれて、隣にいる彼に顔を向かせられた。

「棄《す》てられた犬みたいな顔。……だけど、メイは羊だからな」

ニヤリ。口角を上げた良真はまるで悪魔のように魅了する。

「……悪い男に、食べられても知らないぞ」

「それは誰ですか?」

「俺みたいな男だよ」

優しく触れてきた唇を、芽衣子は拒めなかった。

第二話　今だけ、愛させて？

恋と仕事が同時になくなった。

残されたのは、転職という道。そこからさらに選択肢はふたつに分かれた。職業を変えるという地獄か、職場を変えるという現実逃避に。

選んだのは――。

「若宮芽衣子です。これからよろしくお願いします」

地獄ではなく、現実逃避。現実から逃げることによって、新しい生活を選んだのだ。二度と、恋で仕事を失わないために。

――だから、本来ならこの手を離さなければいけなかった。

「……だ、め」

「だめじゃない」

触れた唇が離れた瞬間、芽衣子は良真の胸を押し返す。どっどっど、と早鐘を打つ心臓を感じて、悪魔のように優しく手を差し伸べる男を拒絶した。この手を取ったら最後だ。きっと、たぶんだめなんだと思う。――そう、女の直感が警鐘《けいしょう》を鳴らしていた。

「どうしてだめじゃないって言えるんですか」

「俺が、だめだと思ってないから」

「じゃあ、だめだと思ってください！」

「無理に決まってんだろ。おとなしく、俺に優しくされてなさい」

「そう言ってひどいことしそうです！　帰る、帰ります、帰らせてください！」

「ひどい言われようだな」

喉の奥で笑った良真は、芽衣子をそっと抱き寄せて自分の腕の中に閉じ込めた。

「ちょっと黙ってろ」

ぎゅうっと抱きしめられた腕の中で息苦しささえ感じる。

「……苦しい」

小さくつぶやいた文句に対し、良真は腕の力を緩めることで応える。確かにこれで息苦しくない。でも、何かが違う。別に、触れ合いを望んでいるわけではない。

「メイはまじめだな」

「……急になんですか」

「ちょっとぐらい羽目外してもいいんだぞ。それで心が楽になるのなら、俺を利用すればいいだけだろ」

「そんなことできません」

「へぇ。やっぱりまじめだな」

「ちが」

「ま、キレイすぎる女を汚すっていうのもまたひとつか」

「え？」

またしてもベッドに押し倒される。驚きで目を見開く芽衣子に、良真はにやりと笑った。

「あぁ、思ったとおりだ」

嬉しそうな良真の指先が、そっと頬を撫でた。

「怯えてる顔もそそられる」

背筋がぞくっとするような妖艶《ようえん》な笑みに、一瞬時間を奪われる。呆けている間に近づく良真の顔は、獲物を捕らえたケダモノのようだった。

食べられる、怖い。

感じたこともない恐怖に、ぎゅっと目を閉じるとまぶたにやわらかな唇の感触がする。

恐る恐る目を開けた瞬間、そこには〝ケダモノのような男〟ではない〝ただの男〟がいた。

「俺は、メイに利用されたい」

直後、彼の唇が優しく近づいてくる。まるで「大丈夫だ」とでも言うように唇が軽く触れて、もっと近づきたいと言わんばかりに深く唇を合わせてきた。

「んっ」

良真に流されるまま、彼のキスを受け入れる。舌先で唇をくすぐられるように舐められて、身体が跳ねた。

「……感度もいいなんて、最高だ」

耳元で囁かれた声が甘いせいか、それとも恐ろしかったのか、思わず反応して首をすくめる。——このままでは本当に危険だ。

我に返った芽衣子は上にいる良真に抵抗を試みる。が、その手は取り払われてしまった。右側に身体を横たわらせた良真の左腕が、芽衣子を腕枕するように首の下に差し込まれる。その手が芽衣子の左手をぎゅっと掴んだ。右手は彼と自分の身体の間にあって思うように動かせない。

「やめ、……んぅ」

ちゅっ。ちゅ。わざといやらしい音を立ててくちづけられて、羞恥心《しゅうちしん》を煽《あお》られた。「やめて」と言葉にすることも叶わず、部屋に響くキスの音が徐々に身体に火をつける。

彼はかたくなに開けようとしない芽衣子の唇を舌でぺろりと舐め、そのやわらかい唇でもって甘いキスを落とす。我慢できず漏れ出た甘い吐息さえも、良真はおいしそうに口の中に入れていった。男性独特の重みを上に感じ、よじる身体をその力強い腕で押さえこまれる。それなのに、不思議と不快に思わない。

良真からもたらされる快楽に翻弄《ほんろう》されてもなお、芽衣子は理性と闘《たたか》った。甘い吐息が漏れるたびに、このままじゃいけないと抵抗を試みる。

「やぁっ」

が、その唇を塞《ふさ》がれてしまうので意味はない。

「その声もかわいい。……でも、抵抗はかわいくないよ」

「だ、め」

「……そう思ってるのは、メイの心だけだよ。身体は違う」

口の端を上げて意地の悪い笑みを浮かべた良真を見たのが、最後だ。

突然、捕らわれた左手が解放されたかと思うと、良真が器用に体勢を変える。上にのしかかってきたと同時に大きな手に目を覆われてしまった。ときおり指の間から光が差し込むので真っ暗とまではいかないけれど、その手によって視覚が奪われたのは確かだ。

「え、なに」

「眠りたいんだろ？　疲れたらたくさん眠れるよ」

ゆっくりと耳元で囁かれた言葉に、催眠術にでもかかったような気分になる。

「メイは」

甘い言葉に、意識がとろりと溶けていく。

「何も」

甘い吐息が漏れて、強《こわ》ばった身体から力が抜ける。

「悪くない」

最後に紡がれた言葉が甘い毒のように身体を駆け抜けた。睡眠不足も手伝ってか、芽衣子の意識はほとんど良真へと委《ゆだ》ねられる。

「いいこだ」

閉ざされた視界の先で、良真が舌なめずりをするように笑んだのを、芽衣子だけが知らない。――そうして、堕《お》ちた羊と悪魔の晩餐《ばんさん》が始まった。

優しく唇を食《は》むようなキスを合図に、芽衣子の身体に良真が触れる。

「んっ」

首筋を指先で撫でられただけで、背中が跳ねるほどの快感が走った。普段感じない部分なのに、いつもと違う感覚に襲われる。

「いや、怖い……！」

見えないだけで、こんなにも人は恐怖を感じるものなのか。

さっきまで安心していたのに、見えない状態で快楽という刺激を与えられるのが、こんなに怖いなんて。何をされるかわからないという状況に怯えてしまう。そんな芽衣子に、良真はあの甘やかな声で囁く。

「……すぐに良くなる」

絶対に嘘だ。嘘に決まっている。

「ああ、モトカレとはこういうプレイしたことない？」

この状況を楽しむような良真の声が、さらに恐怖を煽った。

「ない、です」

「ふぅん。じゃあ、セックスで楽しんだことないだろ」

「……は？」

楽しむとかつまらないとか、この行為にそんな感情を持ち出したことがなかったので、一瞬、言われた意味がわからなかった。もう一度考えようとするが、良真の指がなぞるように首筋から鎖骨へと移動していくので、思考が散らばる。

「ひゃんっ」

つつつ、と伝う指先の熱に首がすくむ。快楽によって霧散《むさん》した意識は集まることはなく、頬に触れる唇にまた身体が跳ねた。ちゅ、ちゅ。彼は耳元に近い場所でわざと音を立てて頬にキスをしていく。吐息は唇に触れるのに、なぜか感触は頬に感じる。

ときおり彼が喉の奥で笑ってるので、反応を楽しんでいるのだと思う。しかし、そんなことを考える余裕も徐々になくなってきた。たった今考えていたことすら忘れてしまい、良真の唇に意識だけでなく身体も翻弄されていった。

「あっ、んんっ」

「びくんびくんしてる」

耳元で囁く声と、ゆっくりと重ねられる頬へのキスにおかしくなりそうだ。

「かわいい」

決して唇には触れない彼の唇が、耳たぶを食み、そこから伝うように首筋を下りていく。かと思えば空いてる手で耳の中に指を入れてくすぐってくる。快感が分散されて、はしたない声があがった。

「ん、あぁっ」

唇に吐息。次に、舌でぺろりと舐められて、素直に身体がそりかえる。

ゆるゆるとした甘い責めに耐えきれず、芽衣子の意識は快楽に染まっていった。弛緩《しかん》した身体から、燻《くすぶ》っている熱を下半身のほうに感じるが、どうすることもできない。

「……んっ」

キスをするのに邪魔だったのか、目元を覆っていた手が離れた。かと思いきや、唇と一緒に襲ってきたのは激しい快感だった。

「ん、んんーっ!!」

空いた左手が、服の上から胸を揉みしだきにかかる。その声を塞ぐように甘いキスは続き、芽衣子の腕は空を切る。胸から与えられる刺激にこらえきれず、良真の身体にしがみついた。その反応に気を良くしたのか、唇を離した良真は口元に笑みを浮かべて胸の頂をつまみ上げた。

「あぁっ」

喉元を晒すほど、大きく背中がのけぞった。そこに向かってかぶりついたのは、良真だ。次から次へと与えられる快楽に頭がおかしくなりそうだ。いや、もうなっているのかもしれない。その判断力でさえ、快楽は奪っていった。

「たってる」

嬉しそうな良真の一言に、蕩けた顔で良真の整った顔を見つめる。ゆっくりと彼の顔が下りてきて、唇が触れた。キスをしながら、良真はチュニックのボタンに手をかけた。

「舌、出して」

舌先をおずおずと差し出す芽衣子に、良真はにっこり微笑み「もっと」とつぶやく。ぷちぷち、とボタンがひとつずつ外されていく音が聞こえた。

「ほら」

言うことを聞けと言外に告げられ、芽衣子はさらに舌を突き出す。満足気に微笑んだ良真は、芽衣子の舌に吸いついた。食べられるように咥内《こうない》に招かれる。深く舌を搦《から》め捕《と》った彼は好きなだけ芽衣子のそれを弄《もてあそ》んだ。

（何、これ……っ）

今までこんなキスされたことがない。芽衣子は驚きに目を見開く。視線の先にいる良真の目が、楽しそうに細められた。——刹那《せつな》。

「んんっ!?」

乳首をきゅっとつまみ上げられる。今度は、直に。

下着に収められていたはずの胸がいつの間にか露わにされ、素肌にひやりとした外気が触れていた。胸の頂から与えられる刺激とともに、良真に下唇を咥《くわ》えられ、舌先でちろちろと舐められた。

「っ、……っ！」

胸の頂と唇からの分散された刺激から、次第に身体は焦れていく。

「腰の動きがいやらしいな。……欲しいって言ったらすぐにやるよ？」

ぼやけた視界で、口の端を吊り上げて笑う良真を見上げる。快感の波が少し治まって、彼の悪魔のような微笑みが視界から消えた。そして、胸に感じた彼の熱い吐息でこれからされることが頭をよぎった。

「あ、だ」

「いやだ」

彼の指にいじられ、弄ばれた乳首は痛いぐらいに起立して、あろうことかそこに良真は優しいキスを落とした。

「っ!!」

身悶《みもだ》えるような快感に背中が跳ねた瞬間、良真の前に乳首を突き出すほど背中がそりかえった。それを狙ってか、良真の右手が芽衣子を抱きしめるように背中に回される。

「もっと舐めてほしいなら、もっとって言えよ」

違う、と声に出す前に、舌先で乳首をはじかれた。舌の上で掻き集めた言葉が、声にならず吐息となって出て行く。伝えたい言葉は相手に伝わらず、芽衣子はもがくようにシーツの上で両手を彷徨《さまよ》わせた。

ぷち。聞こえた音と共に胸の締めつけがなくなる。ブラジャーを押し上げて出たやわらかな乳房に、いったん顔を上げた良真が嬉しそうに微笑んだ。この男はさっきから楽しむように笑ってばかりだ。そんなことを考えて、ふとした違和感に襲われる。

――さっきから、同じ笑顔だ、と。

普通は笑顔の種類がいくつかあるはずだ。それなのに、彼の微笑みはわざとそう見せているような気がした。まるで、わざと自分を悪者に仕立てるような……。

刹那、胸の先端から痺れるような刺激が与えられた。

「ひゃぁっ」

我に返ると、乳首をつまんだ良真が芽衣子の顔を覗き込んでいた。

「まだ考える余裕なんかあるんだ」

「よゆう、なんて……」

「そ。……まぁ、今までだいぶ焦らしたから、これからはスピードを少し速めようか」

身体を起こして、シャツを脱ぎ捨てた良真の裸体が目に飛び込んでくる。医者のくせにしなやかな身体からは男を感じ、その色香に息が詰まる。どうした？　と、言わんばかりの流し目にときめいて、思わず視線を逸らしてしまった。

「ああ。今、自分がどういう格好をしているのかやっと理解したんだ？」

「え？」

思い違いをしている発言に、再度良真を見上げる。彼は、したり顔でニヤリと笑った。

「――犯されてるみたい、だよ」

目を細めて楽しそうにつぶやく良真の声に、羞恥で顔が赤くなる。良真は覆いかぶさるようにして芽衣子の首筋に噛《か》みついてきた。

「いっ」

甘く歯を立てられ、わざと声をあげさせられる。その間も、良真の大きな手は芽衣子のふっくらとしている胸を揉むことをやめなかった。

「着やせするタイプだったんだな。大きくてすごく気持ちいい」

耳たぶを舐めあげられたあとに囁かれた言葉が、自分の胸のことを言われていることに気づき、恥ずかしくて目をつむる。

「かわいい」

それから良真は、器用に服を脱がしながら、快感を引きずり出すような愛撫《あいぶ》を重ねた。今までにない愛撫を受け、芽衣子は自分の呼吸が甘いものに変わっていくのを感じる。

こんなこと、なかった。こんなにも激しく優しい愛撫を、私は知らない。抱いた感想は吐き出されることなく、心に深く沈みこんでいく。

「あ、あぁっ」

ちゅぅ。と吸われた胸の先端は、良真のいやらしい舌使いによって、さらに硬度を増した。口の中で乳首を搦め捕られて、そっと吸いあげる。かと思いきや、舌先でくすぐるように快感を与えてきた。それだけならまだしも、硬くなる乳首を前に、

「見ろよ。こんなにいやらしく俺を誘ってる」

と、淫《みだ》らな微笑みを浮かべるのだからたまったもんじゃない。

「あ、っはぁ……、ぁんっ」

愛撫から灯される熱、卑猥《ひわい》な言葉を並べられ、快楽から逃げるように首をいやいやと横

に振るのだが、再び与えられる良真からの甘い愛撫に囚われてしまう。

逃げては捕まり、捕まっては隙を見て逃げ、それを繰り返しているうちに、気づけば良真しか見えなくなっていた。幾度となく与えられた快楽にぼやけた視界、まとまらない思考。しかし、芽衣子の心はぶれない。

「どうした？」

良真に問われた言葉の意味がわからず何も答えられずにいると、良真は苦笑してまなじりをそっと撫でてきた。その瞬間、たまっていた涙が流れ出す。

ぽろぽろと零《こぼ》れ落ちる涙を見た良真の動きが、一瞬だけ止まったような気がして、芽衣子は「これだ」と思った。

「……気持ちよく、なかったか？」

申し訳なさそうに抱きしめる腕は優しい。そんな彼の子どもみたいな問いかけに、芽衣子はゆるゆると首を横に振った。――わざと目を伏せて。

「じゃあ、なんで泣いた。……気持ちいいなら、いいだろ」

「濡れないの」

「え？」

「好きな人じゃないと、私、濡れない」

もちろん、嘘だ。今まで良真にソコを触れられていないからこそ言える嘘。

「……そう」

何かを探るような視線で見下ろされても、芽衣子は怯《ひる》むことなく嘘を続けた。

「だから、だめなんです。ごめんなさい」

「あんなに乱れてたのに？」

「気のせいですよ」

「……そう、そこまでされると、俺も反対に燃えるね」

何が？

問いかける前に、良真が首筋に顔を埋めてくる。

「すき」

囁かれた一言に、どくんと心臓が跳ねた。

「大丈夫、ちゃんとすきだから」

嘘だとわかっていても反応する心臓に、苛立ちもあってつい声を荒らげてしまった。

「嘘！」

「最初に嘘をついたのは、さて誰だろうね」

抵抗する間もなく起き上がった良真に、無理やり足を広げられて蜜口《みつくち》を指で撫でられる。

「あっ、だめぇっ」

くちゅり。刺激せずとも、蜜が溢れている音がした。良真はそれを確認するように、その手についた愛液を舌先で舐め取る。まるで、見せつけるように。

「……だいぶ焦らしたんだから、濡れるよね、普通」

芽衣子は涙目で良真を見上げた。

だって、せめて心が伴わなければ、身体を繋げるのは嫌じゃないか。けれど、身体が欲しがっているのは知っているし、わかっている。このまま受け入れることが簡単だということも。それでも、やっぱり少しでも心は欲しかった。

「さぁ、どうして嘘をついたのかな。それとも、ひどいことをされたかったわけ？」

「違います！」

「じゃあ、なんで」

言え、というように頬を指先でくすぐられた。

「……せめて、……私のことを好きだと言ってくれる人に、抱かれたいだけです」

彼が関係を持ってきた女性たちと一緒にしないでほしかった。

「あなたは、人を、愛したことがあるんですか？」

そんなこと、芽衣子にだって言っていい言葉じゃない。

言った本人でさえも、本気で人を愛したことがあるのか、と問われたら戸惑う。けれど、今、良真がやっていることは何か違うような気がして、どうしてもそれを言いたくなった。

指摘とは違う。ただ、散らかした思考を掻き集めた結果だったのかもしれない。

「……わからないな」

思いのほか、真剣に答えた彼は、今までに見せたことのない笑顔だった。

「でも、メイみたいに、真剣に訊かれたのは初めてだよ」

はー、と息を吐いて首筋に顔を埋めてきた良真を、芽衣子は初めて自分から抱きしめた。

あれだけの愛撫を重ねていたのに、彼の身体は冷えている。

「俺の読みも、たまにははずれるんだな」

「……はい？」

「君みたいに隙のある子は簡単に流されてくれるんだよ、こういうとき」

今、とてもひどいことを言われたような気がした。だが憤慨する心とは別に、それでも
黙って良真の言葉に耳を傾ける自分もいた。

「……じゃあ、今だけ」

「え？」

「今だけ、……愛させてよ」

「そんな簡単に愛せるんですか？」

「女、じゃなくてメイ個人だと思えばいいんだろ？」

どれだけひどい女関係を築いてきたのか、この一言でうかがえる。

「……あなた、女のことなんだと思ってるんですか」

「女」

人だと思っていないということか。

性別で人を判断しない芽衣子にとって、彼の言っていることは理解できなかった。

「すきだよ。……すき」

それでも、良真の「すき」の一言は、恋を失った心を慰めてもらえたような気がして、素直に嬉しい。恋愛には淡白なつもりだったけれど、案外自分も失恋後は簡単な女になってしまうのだと、新たな発見をした。

「メイの、やわらかい唇」

ちゅ。くちづけの音が「すき」だと告げるように聞こえる。

「白い肌も」

ちゅ。頬に触れる唇の音。

「痛みを耐えるぐらいに我慢強いところも」

キスの、嵐だ。

「君のすべてが、愛おしいよ」

だから、偽りの愛に騙されて。——そう、言われたような気がした。

それが白々しい嘘だということはわかっていた。それでも、言葉は渇いた心に雫となって落ちて、芽衣子の心を潤わせる。鼻の奥がツーンとした気がしたが、それはすぐに快感へと変わった。

「っ……!?」

蜜口へと這《は》わされた指が、割れ目に沿って花芽を刺激してくる。焦らされた愛撫によってぷっくら膨らんだそれを指ではじいて、さらに蜜壷から愛液をしたたらせようとしていた。淫猥《いんわい》な水音だけが、部屋に響く。

「おと、……立てちゃ、いやっ」

「普通にしても音が出るぐらい、メイのココが濡れてるんだから喜べばいいのに」

「や、……、あぁっ」

「ほらほら、どんどん溢れてきた。もうちょっと気持ちよくしてあげる」

ずぷり。潤った蜜壷が、ずぷずぷと良真の指を飲みこんでいく。

「あ、あぁっ」

肉壁を擦《こす》るように快感を伴って入ってきた指を、芽衣子のソコはやんわり締めつける。

「そんなに締めつけなくても、ちゃんと気持ちよくするって」

「そう、じゃ……、あぁんっ」

まだ指を動かしてもいないのに、気持ちよすぎてどうにかなってしまいそうだ。

「ほら、溢れてきた」

そんなこと、言われなくてもわかっている。

腰が自然に浮いて、一番イイところに芽衣子自身が誘導しているのだから。

（なんなの、よ、これ……っ）

心の中で毒づいても言葉にならない。ぐちゅぐちゅと卑猥な音を立て始めた指の動きに合わせて、ナカがひくつく。同時に腰も動いた。

（恥ずかしい……っ!!）

「あー、いやらしい腰つか、んっ」

最後まで言わせたくなくて、芽衣子は良真の口を手で塞いだ。驚きで一瞬目を見開いた彼は、にんまりと微笑んで指を動かす。しかも、激しく。

「あ、あっ、ああ、……あ、やぁんっ」

ナカを指でかき回すように激しく動かされたものだから、良真の口に当てていた手を離し、声を抑えるために自分の口を押さえた。そうしなければ声が出てしまう。

「ああ、だめだよ。いい声なんだから、もっと聞かせてくれないと」

意地悪な声が、口を覆っていた芽衣子の手に落ち、その口で手を噛んで退《しりぞ》かせる。激しくかき回されているナカからの刺激で力が入らない手は、素直にその場を明け渡した。

「はぁっ、んんっ、ふぁ」

そして、良真の唇が胸の頂を口に含む。

「あ、ああんっ、や、やぁっ」

舌で転がし甘く吸い上げられたら、おかしくなる。

「だめ、すっちゃ、……あ、あ、んっ」

しかしそんな抵抗など気にせず、良真から与えられる快楽は続く。はしたない自分の声でさえも快感が誘発され、芽衣子の理性はもう限界を告げていた。絶頂が見える。もう、だめだ。何度も心を立て直そうと努力するが、快楽には負けてしまう。

「……あぁっ、も、やぁっ、だめ、だ、めっ」

今までに経験したことのない快感を与えられ、芽衣子はとうとう高みを迎えてしまった。

「あ、あ、……あぁっ」

目の前が白く弾け、腰が浮き、びくんびくんと身体が震えた。何かがおしりから垂れているのはわかったが、よもやそれが自分の愛液だとは思いもつかなかった。

「ぐっしょぐしょだね、メイ」

「はっ、はぁ……、も、やぁ」

「無理。……じゃ、しようか」

悪魔の微笑みに、見えた。

「大丈夫、避妊はちゃんとするよ。……すきだからね」

いつもの芽衣子だったら「じゃあ、好きじゃなかったら避妊はしないってこと?」と訊いていたところだが、イッたあとで冷静になんてなれない。覆いかぶさってくる良真を呆然と見上げ、その悪魔の微笑みに魅入られる。

「そのまま、とろとろになってなさい」

暗示だった。準備をすませた熱い楔《くさび》は蜜口に宛がわれ、ゆっくりと押し入ってくる。

「ん、んんっ」

ナカを広げるように入ってくる感覚に、どうしようもない快感がつきまとう。どうしようもできなくてもがくようにばたつかせる腕を、良真は「抱きしめて」と命令することでおさまらせた。

「あー、……うん、すっごくイイ」

良真からの甘い吐息と言葉に、ナカがひくつく。目の前の男を切ない表情にさせているのが自分だと思うと、相手がかわいく見えるのだから不思議だ。芽衣子は甘えるように、ぎゅぅっと彼を抱きしめた。

「ああ、早く奥まで入れろって?」

何度、違うと言うより前に、先手を打たれただろう。今もまた、残りのすべてを無理やりぐっと押し入れられて、息がつまった。

「っ、ん、んんっ」

「ほら、全部入った」

奥まで貫かれた拍子に、軽く達してしまった。まだびくびく震える身体で、縋《すが》るように良真に抱きつく。

「すっごくひくひくしてるけど、何、……入れただけでイッちゃったの？」

楽しそうな声が耳元で聞こえる。恥ずかしくて顔を上げることなんてできなかった。

「も、終わり」

「ばか言うなよ。俺、まだイッてないんだから」

腰を動かされて、はしたない声があがる。跳ねる芽衣子の身体をぐっと抱きしめて、良真は奥めがけて突いてきた。

「あっ……あ、ひゃ、ぅん、ん、あん」

溢れてくる快感に意識を委ねる。良真から与えられる快楽はとても心地よかった。何度も身体を揺さぶられて、耳たぶを食まれる。動く良真の胸に乳首が擦れて、思いがけない刺激に、思わず彼を締めつけてしまった。

「っく……、急にキツくして」

「あ、や、おっきくなっちゃ、だめっ。あ、んぅ」

「自分のせいだろ」

自分のナカで質量が増した彼を感じた直後、ゆるゆるとした動きが急に激しく変わる。その動きに合わせて、芽衣子のナカも意思とは逆に彼に絡みつく。

「こんなに絡みついて、どうしようもない、な」

「あ、んんっ、はっ、あ、……やぁ、おかしく、なっちゃ……っ」

そして、しっとりと肌に汗が滲《にじ》んできたころだった。二人が一緒に絶頂を迎えたのは。

「や、や、も、だめっ。だめなの、だめなのぉっ」

「だめじゃ、ねぇんだよ」

「だ、って……あっ、あ、あ」

「ほら、イケよ」

「んんぅ、ん、ぎゅって」

して。ねだる前に、良真が抱きしめてくれた。それが嬉しかったのもあってか、すぐに視界が弾ける。

「あ、あ、あぁっ」

「やば、俺も……っく」

一際高く啼《な》いた芽衣子の嬌声《きょうせい》と共に、ナカで良真が爆ぜる。

どくんどくんと避妊具越しに欲望を吐き出す音が伝わってきて、恥ずかしさに彼を抱きしめる腕の力を強くした。跳ねるように吐き出す彼を感じる。芽衣子は達した余韻を楽しむように腰を動かしていた。無意識のうちに。

「おいっ。しぼりとろうと、するな……!!」

「そんなの、しらないぃ」

いやらしく腰を動かし、そのままきゅうっと彼を締めつける。といっても芽衣子にそのつもりはない。良真は必死に、跳ねる身体を我慢していた。

「……っはぁ」

ぐったり疲れた様子で落ちてきた良真を抱きしめる。その程よい重みと、体温と呼吸が、芽衣子の気持ちを穏やかにさせた。久々に感じる熱にそのまままぶたを閉じる。

落ちていく意識の中で「おやすみ」と言う優しい声に、頭を撫でられたような気がした。

★—————★—————★

落ちるように眠ったからか、目覚めは思いのほかすっきりしていた。

今まで寝不足だったのが嘘みたいな爽快感に包まれる。が、下半身は反対に気だるい。モトカレ以外の男としたことがない芽衣子にとって、慣れない相手とのセックスの疲れが身体に出たようだ。

夜明け前の薄暗い寝室。隣では、芽衣子を毛布にくるむように抱きしめている、あどけない良真の寝顔があった。かわいい、と思うと情がわいてしまうので、そっと彼の腕の中から抜け出す。それから、良真のむき出しの肩をしまうように、羽毛布団を引き上げた。

芽衣子がすぐに寝てしまったせいか、後処理までしっかりしてくれたようで、ご丁寧に下着を穿《は》かせてくれていた。そこまでされるのはちょっと恥ずかしい。

起き上がり、ベッドからそっと足を下ろした芽衣子は、捻挫した足をまじまじと眺める。足首に巻いてあった保冷剤はすでになく、しっかり包帯で固定されていた。腫れも感じないし、痛みもない。しっかり処置をしてから眠ってくれたのだろう、振り返って良真の寝顔を見る。

「……ありがとう」

小さくつぶやいてから正面を向いた芽衣子は、体重をかけないよう足を気遣いつつベッドから下りた。

(うん、やっぱりちょっと痛いかも)

そして床に脱ぎ散らかしてある自分の洋服だけを素早く身に着ける。

「……さむっ」

服を着ても寒けは治まらなかったので、大慌てでニットのカーディガンを羽織った。ないよりはあったほうがまだマシだ。とりあえず部屋を暖めがてら朝食の準備でもすれば、昨日のことも水に流してくれるかもしれない。そう思って寝室を出たところで——、

「なによ、これ」

目にしたくない現実が、広がっていた。

第三話　おねだり、してごらん？

ひょこ。捻挫した足にあまり体重をかけないよう、芽衣子は手すりに摑まりながら洋服の道を越えていく。この足で、床に落ちてる洋服を踏まないように歩くのは至難の業だ。ときどき踏んでしまうのはご愛嬌ってことで、許してもらおう。そんなことを考えながら、散らばった洋服を器用に踏み越えていく。

床を見ながら進んだため、吹き抜けからの惨劇を見ていない芽衣子は、階段から見下ろした景色に思わず本音が出てしまった。

「……うわ、きったな」

この部屋に中二階があるのはなんとなくわかっていたが、まさかここまで広いとは思わなかった。部屋の中央は吹き抜けで、見下ろした先には広いリビングが——ゴミためになっている。吊されたおしゃれなシャンデリアが、まるで泣いているように見えた。

とりあえず、生活スペースが下であることを状況から理解し、そこにキッチンもあるだろうと推測する。

(これが、目隠しの理由ですか)

ひとりごちた芽衣子は、また上手に手すりを使い、階段を一段ずつ下りていった。

病院一のイケメン医師、各務良真は汚部屋に住んでいた!

なんていうのは、本人のメンツに関わってくるのだろう。というか、こんな有様で女を部屋になんて呼べないはずだ。この惨状を見たら、誰だってその気になっていた気分も殺《そ》がれてしまうこと間違いなし。寝室だけは、女性を連れ込むために唯一綺麗にしていた、といったところだろう。

「……こ、これは、なかなかにすごい光景かも」

階段下から見たリビングはところ狭しとゴミで溢れていた。テレビ前にあるローテーブルの上には読み終わった雑誌が積み上げられ、そこに交ざるように食べ終わったピザの空箱が放置されている。奥に見えるキッチンとダイニングもまた、これ以上のゴミで溢れているだろうことは想像にかたくない。だから、あまり見なかった。否、見たくなかった。

よくこれで虫がわかないものだ、と逆に感心さえする。

芽衣子は、夜明けまで時間があることを確認して、手近に落ちていたビニール袋を手にした。それをゴミ袋の代わりにし、まずはあからさまにゴミだと思うものを移動がてら放り込み、キッチンまでの道を作ることにした。ピザの箱を小さく折りたたみ、つっこむ。落ちている洋服はすべて高そうなソファの上にまとめ、積み上がっている雑誌は放置。

そうして通路を確保しつつ、キッチンに向かって進んだ。

結構時間がかかるかと思ったが、リビングは案外あっさり通過。ゴミ袋はどれもパンパンでいくつも部屋の隅に転がっている。あとで良真に捨てるように言わなければ。

「これも、一宿一飯の恩ともろもろのお礼よ！」

自分に活を入れながらダイニングテーブルの前までくると、口元がひくついた。想定内ではあった。あった、が、できればゴム手袋が欲しいと切実に思った。それぐらい、ゴミでまみれている。

「……がんばるのよ、芽衣子」

最後のほうは涙声だ。

近くに大きなダンボール箱があったので、これ幸いとテーブルの上にあるものすべてを入れた。これでゴミは全部このダンボールに入れればいい。そう自分でルールを決めて、今度は冷蔵庫へと向かう。これも案の定。

「なにも、ない」

愕然《がくぜん》としながらも、それでも冷蔵庫の中を物色する。

「……野菜ジュースに、ウインナー……それから……、卵が一個にベビーチーズかー」

一応医者の不養生《ふようじょう》にならないよう、心がけているらしい。働く独身男性の冷蔵庫に卵があるだけでも、偉いと思った。

「本当なら鶏肉のほうがいいんだけど」

そう言って、野菜ジュースを手にした芽衣子は、適当な片手鍋を火にかけて野菜ジュースを入れる。一応料理をするのか、はたまた良真の世話を担当する女性がいるのかは知らないが、ありがたいことに調味料は揃っていた。

真っ赤な鍋の中にコンソメを入れ、冷蔵庫から出したウインナーを半分指でちぎって入れる。トマトメインの野菜ジュースでよかったと本気で思った。これで、果物メインのものだったら料理はできなかっただろう。

「次は、と」

シンクにたまった洗い物を大急ぎで片付けていった。その間に鍋が沸騰したので、軽く味見。まだ少し足りなかったので、コンソメを足した。

「あとは」

キッチンの周辺で一人暮らしの男性の部屋に必ずあると言われている、レトルトの米を探す。そこに先ほど作り終わったスープを流し込み、レンジでチン。真っ白い米が、野菜ジュースの色を移して真っ赤になっていた。お椀に米とスープを全部入れて、その上にほぐしたベビーチーズをのせる。それをまたレンジでチンだ。

卵は食べやすくちぎった残りのベビーチーズを挟んで卵焼きにした。とろけたチーズが卵とマッチしておいしいので、よく作る。味噌《みそ》がなかったので、しょうがないからコンソメスープにした。もちろん、残り半分のウインナーを入れて。

「これだけ作れば、まぁいいでしょ」

ここに果物があればなおよし。だったのだが、贅沢《ぜいたく》は言ってられない。

「食材全部使っちゃったけど……、大丈夫だよね」

少し不安は残るが「ま、いっか」と気持ちを切り替えて、何もないダイニングテーブルをふきんで綺麗にしていった。ふきんと一緒に発掘したランチョンマットの上に、鼻歌交じりで配膳をしていると、横から唐突に抱き寄せられて驚く。

「ふぎゃっ」

スープを並べ終わったあとだったからよかったものの、置いてなかったら危うく火傷《やけど》をするところだ。

「良真さん！　ちょっと、何してるんですか!!」

「確認」

「なんの！」

「シャワー浴びたかどうか」

思わず首をひねる。なぜここでシャワーの話題になったのか、皆目《かいもく》見当がつかない。

「汗かいたから、浴びたいだろ？」

「はぁ」

確かに本音を言えばシャワーは浴びたかった。けれど、捻挫をしていることもあったし、ここで浴びなくても帰ってからでもいいかな、なんて考えていた。

どうせ朝食を食べさせたら帰るつもりでいたんだから。

「捻挫してるときは、とにかく冷やすんだよ。温めちゃだめ。それを伝え忘れていたから、シャワー浴びてたらどうしようかと思って、少し焦った」

悪化させたくないから。そう続けた良真は、芽衣子の足を本気で心配しているようだった。

院内では女性に囲まれているところしか見たことがなかったため、彼の仕事に対するプライドに初めて触れたような気がする。失礼にもほどがあるが「本当に医者なんだ」と正直な感想を持った。

「あと、うまそうなご飯が食卓にあるのも久しぶりだから、早く食べたい」

見上げた良真に不意打ちのキスを食らい、赤面する。抱きしめる腕を解くや否や、良真はダイニングテーブルのイスに座り、ニコニコと無邪気な笑顔を向けてきた。

「……どうぞ」

なかなか摑めない良真を前に、芽衣子は向かいの席に腰を下ろす。

「いただきます」

「おくちに合わなかったらごめんなさい」

良真は手にした箸《はし》で、料理に手を伸ばす。ひとくち食べては「おいしい!」別のものを食べても「うん、これもおいしいよ」と、満足気に皿を空にしていった。

その食べっぷりに、ほっとひと安心だ。

「おかわりするなら言ってくださいね」

「これで十分だよ。ありがとな」

「どういたしまして」

「冷蔵庫にろくなもんがなかったのに、こんなにおいしい料理を作れるなんてすごいな……。シェフでもやってんの?」

あなたの勤めてる病院で管理栄養士をやってます。

なんて、正直に答えられないため、芽衣子は曖昧《あいまい》に笑った。

「ご想像にお任せします」

「ふーん。……教えてくれないんだ?」

「ちょっと料理のうまい女が、そんなに気になりますか?」

「……いや。ただの興味本位だよ」

それだけ言うと、良真は何食わぬ顔で朝食を口に運んでいく。その様子にうまくやり過ごせたと思い、人知れずほっとした。

「あ、でさ」

ごくり。スープを飲んだ良真が、困ったように口を開く。もしかして、薄味だったのだろうか。料理のことばかりを気にしてはらはらしていた芽衣子に、気を悪くしないでほしいんだけど、と良真は話し始めた。

「こうやって、ご飯を作ってくれるのはすごくありがたい」

「はぁ」

「でも、これからは大丈夫だから」

「……はい？」

「俺がメイを家に連れ込んだけど、女には困ってないっていうか、恋愛に興味ないっていうか」

（……ああ）

要するに『彼女面をしないでほしい』ということなのだろう。少し言いにくそうなのは、今までにも似たような状況になったことがあるからだ。

芽衣子はため息をついて、安心してくださいとつぶやく。

「そんなめんどくさいことしませんから。昨夜のあれは、ひと晩の関係。良真さんが思うように、私もそう思ってます」

はっきり告げて、にっこり微笑む。良真も安心したように「そうか」と微笑んだ。

それにこれ以上関係を続けることにでもなったら大変だ。今度は芽衣子のビジネスライフが脅かされる。

「まぁでも、眠れなくなったらいつでも連絡ちょうだい。女性を寝かせるのには自信があるからね」

「結構です。ひと晩の関係って言ったじゃないですか。だから、連絡先も私の個人情報も明かしませんよ」

「……なるほど」

楽しそうに口元を歪《ゆが》ませた良真は、それ以上この話題には触れなかった。

「ごちそうさま。ご飯、おいしかった」

「何度も褒めていただき、ありがとうございます」

「食器は自分で片付けるから、メイはそのままでいいよ」

「でも」

「コーヒー、淹《い》れてあげる。インスタントで申し訳ないけど」

良真は立ち上がって背後にあるシンクに食器を片付け、その合間に湯を沸かす準備をした。てきぱきとこなしていく良真の背中に、ふと疑問が浮かぶ。

「……どうして部屋が汚いんだろう」

その疑問は本人も気づかぬうちに、するりと口から出ていた。

「教えてあげようか」

振り返った良真がにんまり笑っているのを見て、芽衣子は自分が思っていたことを自然と口走っていたことに気づく。

「俺がしなくても、片付けてくれる女がいるからだよ」

言われて納得。しかし、これだけはどうしても言いたい。

「最、低」

もうこれで終わる関係なのだから、思ったことを素直に、正直に、しかも笑顔で言ってやった。すると、目の前の良真は口を開けて大笑い。芽衣子は無邪気に笑う彼から視線を逸らした。からかわれているような気がして、なんだかおもしろくない。

「メイはおもしろいなぁ。俺が自分で気づかないところをバンバン言い当ててくれちゃうから、一緒にいても飽きないよ」

「おもしろいって理由でそばに置こうとしないでくださいね。私は、私の女性的な部分を必要としてくれる男性のそばにいたいですから」

「なかなかロマンチックだね」

「……私で遊ばないでください」

「遊んでないよ。メイが遊ばせてくれるんだろ？」

「失礼ですよ！」

「あっはは、ごめんごめん」

シンクに寄りかかった良真は、実に楽しそうだった。

昨日から感じていたけれど、やはり職場で見る彼の表情とは全然違う。なぜだろう。なぜ、こんなにも生き生きとした表情をするのだろう。

（ま、これっきりなんだから気にしても仕方ないんだけど）

これ以上考えたら深みにはまると直感して、すぐに思考を切り替えた。

「あれ、メイ怒った？」

「怒ってませんけど、そろそろ帰りたいです」

「じゃ、コーヒー飲んだら出ようか。俺、午後から仕事だし。家まで送るよ」

「……お願いします」

さっきまで無邪気な子どものような顔を見せていたかと思うと、急に穏やかなオトナの男になる。こういうギャップが女性の心を掴んで離さないのかもしれない。

（あ）

ふと良真を観察している自分に気づき、首を横に振って追い出す。

「どした？」

「え？　別に、なにも」

「……そう。メイはコーヒーに何入れる人？」

「牛乳です」

「了解」

「でも、ありませんよ」

さっき冷蔵庫の中を見たから知っている。

「……ブラックでも、いい？」

「あまり得意じゃないです」

「あ、じゃあちょっと待って」

良真はリビングのほうに向かった。何をしにいくのかと思えば、嬉しそうな笑顔でチョコレートを持って戻ってきた。小粒で個別包装されてるよくあるアレだ。徳用の。

「仕事で持ち歩いてるから、特別にメイにあげるよ」

テーブルの上にいくつかころころ転がして、良真は笑う。こういう些細《ささい》な気遣いが、芽衣子には嬉しかった。

「ありがとうございます」

良真がコーヒーを淹れに再びキッチンに向かうと、しばらくして芽衣子の前にカップが差し出された。しばらく黙ってコーヒーを飲む。くるんでいたビニールをはがして、つまんだチョコレートを口に入れた。ころりと転がったチョコレートは、コーヒーで温められた舌の上で溶け出す。甘いものが口の中に広がるだけで幸せな気分になった。すると、おもむろに立ち上がった良真が近づいてくる。

「メイ、俺にも味見させて」

目の前に残っているのは最後のひとつだ。芽衣子はそれを手にして、ビニールからチョコレートを取り出した。

いいですよ。

声にならない言葉は、舌の上で転がしていたチョコレートと一緒に良真の口の中に消えた。

「んんぅっ」

鼻から甘い香りが抜ける。絡まったふたつの舌の間には、甘いチョコレート。互いの舌を舐めあうたびに転がり、チョコレートは溶けていく。

「ん、んぅ」

そして、消えた。飲み下せない唾液が溶けたチョコレートと一緒に、口の端から滴《したた》り落ちる。チョコレートが溶けたのにも気づかないで、良真とのキスに没頭していた。

「……あまい」

妖艶に微笑む良真の唇にもチョコレートがついている。しかし、彼はそれを舐め取るよりも先に、芽衣子の口の端を舐め取った。

「んっ」

そして、良真は最後に自分の唇を舐めた。そのちらりと見せた赤い舌に、彼が欲情しているることに気づく。誘うように頬に手を這わせた彼は、自分のほうへ顔を向かせる。

「良真、さん……？」

「なぁに？　メイ」

「あの、仕事……」

「うん。午後からだね」

「時間！」

「いちゃいちゃする時間ぐらいあるよ」

「でもコーヒー飲んだら出ようかって!!」

「うるさいなぁ。――黙れよ」

頬から伸びて頭の後ろを押さえつけてのキスは、深くて甘い。まだお互いにチョコレートが口の中に残っているせいか、媚薬《びやく》を口にしたような気分になった。

口の中から蕩けていくような、そんな快楽が身体に広がる。

「今日で終わりの関係なら、もうちょっとメイの身体を堪能してもいいんじゃないかな」

「だめ」

「そんな蕩けた顔で拒否してもだめだよ。……俺には通じない」

「りょ……ま、さん」

「その顔いいね、そそる」

再び唇を重ねられ、息ができない。イスから落ちないよう、芽衣子の頭を押さえていた手が背中に回った。空いている手は、胸を下から揉みあげる。

「んっ……、んんーっ！　っはぁ、あぁんっ」

塞がれていた唇が離れれば、はしたない声があがってしまう。寝室と違い、妙に嬌声が部屋に響いた。その艶のある声を聞いて、こんなに恥ずかしい声を出していたなんて、と頬が熱くなった。

「えっちな声出して、イケナイ子だな」

「やぁ……、あ、あぁ、んん……っ」

ぷちぷちとボタンを外し、チュニックの中に手を差し込んでくる。ひんやりとした手が、下着の中に入り込んだ。

「あ、だめぇっ」

胸を撫でるように指を動かすのだが、指先が乳首に触れるか触れないかのところまでしかこない。じれったくて、でも自分からその快感に手を伸ばすのは恥ずかしくて、芽衣子は良真のワイシャツにしがみつく。

焦らされるぐらいならいっそ、触ってほしかった。そんな気持ちで、反応を楽しむ良真を見上げる。

「……いやらしい顔してどうしたの？」

「ちがう……も」

「じゃあ、メイの欲しいものはあげないよ」

「や……っ」

「だったら、上手におねだりしてごらん、どうせ今日で終わる関係だろ？」

暗に「だったら何してもいいじゃないか」と言われているような気分だ。ここで言うとおりになるのは嫌だった。

「……メイ？」

「や、……です」

「反抗的な目だね。そっか、へぇ」

ニヤリと微笑む良真から、目を背けることで反抗の意を示した。その瞬間。

「ひゃんっ」

胸のふくらみをなぞるように、指を鎖骨まで撫で上げる。抗議の目を良真に向けると、顎を掴まれて唇を塞がれた。

「んっ」

触れるだけの軽いキス。逃げようと思ったら、逃がしてもらえる。それぐらい、軽くて優しくて、気持ちのいいキスだった。そっと目を開けて良真の顔を見ると「逃げないの？」と言うように、目を細められる。

逃げられるものなら、逃げてる。逃げられなくて、困っていることを彼は知っていて、やっている。強引に迫るわけでもなく、甘い快楽を与えて心をほぐすことで言うことをきかせようとしていた。だからって、簡単にはなびかない。

良真からの挑発は見なかったことにして、彼の唇に舌を這わせる。

「んっ」

声をあげた良真に気をよくした芽衣子は、自分がされたときのように舌を使った。唇を舌先でくすぐり、わざと音を立ててキスをする。

「ん、……んん」

そのたびに鼻に抜ける良真の甘い声が聴覚を刺激し、身体から力が抜けていく。男性の感じる声というのをあまり聞いたことがなかった。が、それは思いのほか衝撃が強く、思考がはちみつのように、とろりと溶け出す。

「……気持ちよくなっちゃった？」

耳元で囁かれて、素直に首を縦に振った。それに対し、良真は「いいこ」と飴玉《あめだま》を舌の上で転がすようにつぶやいた。

「欲しいって……、おねだり、してごらん？」

耳元からの甘い声に思考がぼんやりする。それでもまだ理性が粘っているせいか、素直になれない。ただ、黙っているだけだ。

「めい」

だめだ。鞭《むち》だけでも耐えられないが、飴だけでもつらい。何事にも程よく、とはよく言ったものだ。やわやわと胸を揉まれて、快楽の占める領域が多くなっていく。

「ほら。言って」

下着の下で勃《た》ち上がる乳首を知っているだろうに、彼は下着の上からでも触れてくれなかった。焦らされる快楽は燻った火のように、芽衣子の下半身に絡みつく。

「めーい」

甘やかすように名前を囁かれて、ついにこの甘い責め苦に耐えきれず、芽衣子は良真に向かって懇願《こんがん》した。

「おねが、い……、さ、わって……」

赤面しながら、初めてのおねだりを口にする。

「どこを?」

しかし、良真はさらに嫌な笑みを浮かべてわざとその先を言わせようとした。さすがにこれ以上は言えなくて、首を横に振る。無理、嫌、無理。

「それは恥ずかしいから? それとも、……どこを触ってほしいのか自分じゃわからないから？」

「はず、か、しぃ……っ」

「じゃあ、教えてあげるよ。俺の言うとおりに言えばいい」

良真の声が低くなって魅惑を帯びる。じれったい快楽に喘《あえ》ぐ先にあるのは、悪魔のような表情だった。その唇が、嬉しそうに動いた。

「メイの、いやらしい乳首を触ってください」

恥ずかしくて顔から火が出そうになる。無理だと首を横に振ると、良真は首筋にくちづけて快感を煽ってきた。

「ひゃぁっ」

「ほら、言えって。そしたら、お望みどおり触ってやるよ」

舌で首筋を舐められ、背筋がぞくぞくする。芽衣子は目をぎゅっとつむり羞恥に耐えた。

「メイ、の……」

「うん」

「い…………」

「いやらしい」

「ふあっ。やだ、首、だめぇ」

「ほら、ちゃんと続き言わないから」

「……い、……いやらしい、ちくびを……触って、くだ、さ」

最後の一言は恥ずかしくて声にならなかった。

「反応がかわいいから合格点あげる」

今まで服の上から揉んでいた手を、服の中に入れる。そして、触れられるのを待ちわびていた乳首に良真の指が触れた。——というか、指先できゅっと挟まれた。

「はぅんっ」

びくびくと震える身体を支えるように、良真は抱きしめる腕の力を強める。

「触ってないのにもう勃ってる」

かわいいね、メイ。

囁くように告げられた自分の状況に、ただ身体を揺らして感じることしかできなかった。

「さて」

引き抜かれた手に寂しさを感じて、呆けた顔で良真を見上げる。が、彼は芽衣子の身体を背もたれに預け、イスごと自分のほうに向けた。そしてくったりとイスに座り、荒い呼吸を繰り返す芽衣子の前にしゃがみこんだ。

何をするのかと見つめていると、彼は芽衣子のチュニックを広げ胸を露わにした。

「え、あ」

そして、下着を下にずらしてふるりと出た胸の頂に思いきり吸いつく。

「やぁ、……あ、あっ、……あぁ」

痛いぐらいに硬い乳首を舌で搦め捕られたら最後、腰が震えた。淫猥な舌使いで芽衣子の乳首を弄ぶ良真は、空いている手でスカートの中に手を差し入れてくる。下着越しに割れ目をなぞり、しっとり濡れていることを確認されて赤面した。

「あ、や、やぁっ」

吸いついていた乳首から唇を離した良真が、下から芽衣子を覗きこむ。

「上と下、どっちがいい？」

「はぁ、……はぁ……。どっち、って」

「ここと」

ぺろりと舐めあげられたのは、つんと勃った乳首だ。

「あっ」

「ココ」

しっとりした割れ目をゆっくりとなぞる指に、腰が震える。

「んんっ」

「さぁ、どっち？」

どっちも快感が強くて選べない。こんなことなら、早く家に帰ればよかった。そう、後悔しても遅い。ケダモノのような男に魅入られた羊《メイ》は逃げることを許してはもらえなかった。

「どっち、でも……」

「そう」

そして良真の笑顔に、嫌な予感がよぎる。

「どっちもほしいなんて、淫乱なんだなぁ、メイは」

ちがう。そんなこと言ってない。

そんな反論が出る前に快楽の海に沈められた。乳首を口に含まれたあとは好きなだけ舌先で弄ばれ、思うままに吸い上げられた。割れ目をなぞっていた指は下着をずらして蜜壷のナカへと無遠慮に入ってくる。ずぷずぷとした淫猥な水音をたてて。

「あ、あっ、あぁぁあんっ、……はぁ、あ」

吐息とともに悩ましい嬌声も混ざる。上と下、両方から責めたてられて快感の果てはすぐに見えた。蜜壷に入っている指はナカを擦りつけるようにかき回され、そのたびにしとどに蜜が溢れ出す。

「あーあ、イスが濡れちゃうね」

ときおり聞こえる良真の声は、辱めるような言葉を並べた。

「ひくひくいってる。そろそろイッていいよ」

「やぁ、あ、っくぅん……はぁ、……あ」

「強情だなぁ。こういうときは」

けらけら笑っていたかと思うと、彼は人を支配するような表情で微笑む。

「――素直にイケよ」

「ひ、あっ、……あぁ、んっ」

びくんびくんと大きく身体が跳ねる。目の前が真っ白に弾けて、ナカに入っていた彼の指を知らず知らずのうちに締めつけていた。

「……ああ、いいね。かわいいよ。……食べちゃいたいぐらいに」

「はぁ……、は、……」

イスにもたれかかった芽衣子は快感の波が通り過ぎるのを待った。その間に、良真はナカに入れていた指を引き抜き、まとわりついている蜜を見せつけるように己の舌で舐め取る。

「本番は、ソファ？　それとも、寝室？」

選択肢を提示されてもまだ息が整わない。

「メイ？　大丈夫？」

大丈夫じゃないと言ってやりたかった。が、そんな元気があるはずもなく、ぐったりと背中をイスに預けた。

「ちょっと激しかったかな」

にこにこ笑う良真に文句のひとつでも言おうと口を開きかけた、そのとき。

――着信音が響き渡った。

瞬時に表情を変えた良真が、立ち上がってリビングに向かう。その背中を視線で追うと、彼は黒いバッグからスマートフォンを取り出して電話に出た。

「各務です。おはようございます。はい、……はい。はい。わかりました。引き続き経過観察頼みます。それから、カンファレンスの準備も」

電話を切り、振り返った良真は残念そうな表情を浮かべていた。

「残念。呼び出しだ」

まるで緊張感に染まった背中を見せまいとしているようにも見える。

これが、生命を扱う現場にいる医師なのだ、と見せつけられたような気がした。

「本当は俺も気持ちよくしてもらいたかったんだけどな」

「……」

「メイ？」

軽口を叩いているようにも聞こえるが、芽衣子はそれとは違う何かを感じていた。それは、すぐに返答ができないほどの緊張感を、彼から感じたせいかもしれない。

「お仕事を、優先してください」

「じゃあ、これ以上俺を煽らないように、乱れた服をなおしてくれるかな」

「へ？」

朝陽を背にした良真に、指をさされて自分の身体を見下ろした。

「っ⁉」

片方だけ露わになった胸、めくりあげられたスカート。その下には真っ白な太ももが見えていた。慌ててスカートを下ろして前を隠す。しかも、白い肌には良真の赤い印が刻まれていた。

「俺の支度が終わるまでに、メイも出られるようにしとけよ」

そう言って階段に向かった良真に、ひらりと翻った白衣《ドクターコート》が見えたような気がした。

「……本当に医者、なんだ」

その瞬間、芽衣子の心に初めて各務良真という人物への興味がわいた。

第四話　君は誰？

あの日、

『捻挫、悪化させるなよ』

そう言って家の近くまで送ってくれた良真は職場へ向かった。その車を見送りながら、芽衣子は今日も休みでよかったと本気で安堵した。なんてったって、転職して初めての休み。しかも二連休。やりたいことはいっぱいあったけれど、この捻挫だから何もできない。降ってわいた休養時間だと思うことにして、その後は休日を満喫した。

そして、本日の出勤を迎える。

「うん、がんばろう」

更衣室で私服から白衣――厳密には、白い医療用のジャケットと、白のストレッチパンツ――に着替えた芽衣子は、気合を新たに与えられた個別のロッカーを閉めた。ふんわりしたミディアムヘアは仕事がしやすいようにまとめ、仕事時に愛用している赤縁眼鏡をかける。化粧は身だしなみ程度のベースメイクだけで色はほとんどつけない。この間の休日に比べたら格段に地味な装いだ。

更衣室から出れば、そこから先は病院ではない、職場が待っている。

ここ、槻野辺病院は総合病院に近い、わりと大きな病院だ。最近では病院食を外注する病院も増えているが、ここは直営。栄養管理から献立《こんだて》、それに伴う食材の発注、在庫管理、調理など、すべてここの栄養士、ならびに調理師が行っている。人数が少ないときは調理を管理栄養士も手伝うのだが、そんなに応援は入らない。――らしい。

というのは、先輩から聞いた話なので、実際に本当かどうかは、働いて日の浅い芽衣子にはわからないことだった。

『まぁ、応援に入るかもしれないってことだけ頭においてくれればいいから』

そう、先輩は言っていた。

栄養士、調理師が実際に病院食にあたるのならば、管理栄養士はというと――。

「うきゃっ!!」

仕事のことを考えながら階段を上っていたら、つま先を引っかけてしまった。前に倒れていく身体の前に、真っ白な白衣が現れる。

「っと……、危ない」

たまたま階段を下りていた医師に、前から抱きとめてもらった。この間の休日からこんなことばかりで自分が嫌になる。

「あああ、ごめんなさい。ありがとうございます！」

慌てて腕の中から離れて頭を下げる。相手の医師は、ほがらかに笑った。

「構わないよ。患者さんもいなかったし、誰にも迷惑はかかってないからね」

その迷惑に自分を入れないあたり、優しい人だ。顔を見てしっかりお礼を言うべく視線を上げると、芽衣子を助けてくれたのは見知った人物だった。

「新城《にいしろ》先生！」

自分が担当する三階を主に診《み》ている新城篤紀《あつき》医師だ。新城は芽衣子を見て逡巡《しゅんじゅん》してから、ああと声を出す。

「この間うちにきた、新人さんだ」

「はい。三階担当、管理栄養士の若宮芽衣子です」

「ごめんごめん。まだ顔と名前が一致してなくて」

苦笑する新城に、芽衣子は気にしないでくださいと言って微笑んだ。

「ん、もう覚えた」

「ありがとうございます」

「ところで、足を痛めてるようだけど、大丈夫？」

「え？」

「右足、庇《かば》って歩いてたから」

にっこり微笑まれて、全部お見通しなことに驚く。

「わかりますか？」

「まぁ……、医者だし？」

「……ですよね」

「ですです。じゃ、ちょっと診るよー」

新城が芽衣子に断りを入れてしゃがみこむと、右足のストレッチパンツを上げる。すると、包帯で巻かれた右足首が見えた。

「処置してなかったらしようと思ったけど、見る限りちゃんとしてるみたいだし大丈夫そうだね。あんまり痛くて熱持ったりしたら、外科においで。俺が診るから」

良真に引き続き、よくもまぁ外科医にぶち当たるものだ。この新城という外科医も患者に人気があると聞いていたが、この対応で納得した。

「わかりました。重ね重ねありがとうございます」

「どういたしまして。それじゃ、俺は行くね。若宮さんは足元に気をつけて」

「はい」

そうして新城と別れた芽衣子は、自分の担当する三階まで上がる。そこで、同じチームにいる先輩・相葉《あいば》と会った。転職したばかりの芽衣子を、ここ数日サポートして面倒をみてくれている人だ。

「おはようございます、相葉さん」

芽衣子よりも身長が高く、スレンダーな相葉は爽やかな笑顔がとてもかわいい。しかも気さくで、すぐに仲良くなった。年齢は二十代後半で既婚者、子持ち。細やかな気遣いもできて、いつも微笑みを持って人に接しているせいか患者からもよく声をかけられている。

管理栄養士としても勤続年数が上なので、彼女の仕事の姿勢を芽衣子もそばで学んでいた。

「おはよ、若宮ちゃん」

「今日も、よろしくお願いします」

頭を下げた芽衣子に、相葉は軽く笑った。

「そんなに緊張しなくても大丈夫だよー。もうひととおり教えたし、あとは慣れだから」

先輩からの温かな言葉に緊張が和らいだところで、歩き出した相葉のあとを追った。

「まぁ、その慣れるまでっていうのが大変なんだけどね」

苦笑する相葉の隣を歩いて、芽衣子も口元を綻ばせた。

「今日は病棟で、明日が栄養指導だっけ」

「はい」

「じゃあ、今日は電カルの細かい入力方法を教えるね。これぱっかりは数こなさないと慣れないから、わからないことがあったらそのつど訊いてほしいな」

「わかりました。自己判断はせず、ちゃんと確認します」

「そうしてくれると助かる」

電カルとは、電子カルテの略だ。

アナログの紙カルテもあるのだが、この病院では電子カルテを導入している。患者一人一人の情報が事細かに記載され、医師や看護師、管理栄養士など、端末を使って情報を共有しているのだ。

「じゃ、まずは入院した人からいこうか、退院する人はいないから、残りはモニタリングで」

相葉の手元にあるリストには、昨日入院した患者の名前が記載されている。なぜ、入院当日ではなく、その翌日に挨拶に行くのかというと、入院当日は患者の情報が共有できていないことが多い。電子カルテに入力をしても反映に時間がかかってしまうこともあって、翌日に挨拶をすることになっていた。

ちなみに、病棟を回る際の優先順位は、入院した人、退院する人。入院している人はいつでも訊きに行くことができるという理由で、最後になる。

土曜日に入退院者が多いので、日曜日や月曜日はちょっぴり忙しかった。

「おはようございますー」

開け放たれているスライド式のドアに、コンコンと二回ノックをして病室に入る。芽衣子も相葉のあとに続いて病室へ。

「ああ、相葉さん、おはようございます」

「田中《たなか》さん、今朝は寒かったですけど大丈夫でしたか？」

「大丈夫でしたよ。朝ごはんもおいしくてねぇ。いつも本当にありがとう」

「そう言っていただけて、嬉しいです。現場の調理師にも伝えておきますね」

病室から出て行こうとしている老齢の女性と簡単な会話をにこやかに交わして、相葉は先に進む。芽衣子も、すれ違いざまに会釈すると「ご苦労さま」と優しい声が返ってきた。

ほんわり温かくなる心に、気持ちも自然と引き締まった。

「本多《ほんだ》さーん、おはようございます。当院の管理栄養士の相葉と」

「若宮です」

「ご挨拶にまいりました」

看護師によってカーテンが開けられているのか、窓辺のベッドの上でぼーっと空を眺めていた少女に話しかける。彼女は、儚《はかな》い笑顔で微笑んだ。

（わぁ、かわいい）

本多加奈子《かなこ》。十七歳。入院理由は交通事故による簡単骨折。塾帰りに自転車で走行中、事故に遭い、救急車で搬送後すぐに手術。術後は順調。ただ、横転時にできた太ももの裂傷は傷跡として残ってしまうらしい。

外科病棟に入院する患者は身体にメスを入れるせいか、生死に関わる事故や病気で入院する人が多い。女性なら、命と引き換えに美を失うか、彼女のように身体に傷を残すこともある。ときには、消灯後に泣き声をこらえる女性患者もいると、前の病院で仲良くしてくれた看護師から聞いた。

女性にとって身体に傷が残るというのは、心に傷を負うことと同じなのかもしれない。だからといって、医療現場に従事している者たちは同情などの感情を決して顔に出さない。その表情、発言ひとつで不用意に患者を傷つけてしまいかねないからだ。

管理栄養士は基本的に患者と接する機会はとても少ないが、少ない会話の中ででも、優しく温かく包み込む。そんな医療従事者になるのが芽衣子の密《ひそ》かな目標だった。看護師のようにはいかないけれど、少しでもおいしいごはんで心があたたまるように、人の心を癒せるような、そんな人間になりたくてこの道を選んだ。

実際の業務では作る側ではなくて、こうして患者と接する機会のほうが多かったのだけれど。これはこれで後悔していない。

「相葉さんと、若宮さん……、ですね。本多です、お世話になります」

相葉が目線を合わせるようにパイプイスに腰をかける。その後ろから、芽衣子は本多のベッドの上に視線を移した。志望大学の赤本がよれよれの状態で置いてある。

「食事のことで何かあったら、なんでもおっしゃってくださいね。それ以外のことでも、相談などありましたらお声かけください」

こうして入院した患者に簡単な挨拶をする。ちなみに、退院時もあまり変わらないが、患者の状況によっては栄養指導が入る場合もある。例えば生活習慣病の人など。

そして入院患者はこのあと、食欲が減退したり、あまりないが糖尿病などの合併症が出て食事制限が入るなどのインシデントが起きない限り、そんなに関わることはない。

「はい。そのときは、よろしくお願いします」

にっこり微笑む本多は可憐という言葉が似合っていた。こんなにかわいい子の足に傷跡が残ることを思えば胸が詰まるが、せめて彼女が笑顔でいられるように、と芽衣子も笑顔を返す。

「それじゃ、また来ますね」

相葉が立ち上がりベッドから離れたので、芽衣子もそのあとを追うべく本多に会釈して背中を向けた――が、思いとどまり本多に振り返る。もの問いたげな彼女の栗色の瞳が、芽衣子を見上げた。

「受験、焦るだろうけど、心も身体も無理しないでね」

どうしてもそれだけ伝えたくて。少し早口になってしまったけれど、最後に頭を下げて相葉の背中を追いかけた。

　病室の外の廊下で芽衣子を待っていた相葉が、にんまり微笑む。

「若宮ちゃんは、いろんな意味で若いよねー」

「え？」

「理想と目標は大事って話。さー、ここからはバラけるよ！」

　妙に機嫌のいい相葉に背中をばしっと叩かれ、芽衣子は「痛い」と小さく声をあげる。

先を歩いた相葉を見れば、手をひらひら振って隣の病室に入っていくところだった。

「……よし」

　患者や看護師が行き交う廊下で、芽衣子は先輩からの痛い激励を背中に受け、次の病室へと向かった。口元に笑みを浮かべてしまうあたり、本当にこの仕事が好きなんだと自分自身も感じていた。

★────★────★

「ふりかけの件は在庫の関係もあるので訊いてみますけど」

　心配そうに芽衣子を見上げる老齢の女性に声を落として伝える。

「もし可能だったら、お見舞いの方にお願いして持ってきてもらうのも手段のひとつですよ」

その瞬間、ほっと胸をなでおろしたように女性は緊張を和らげた。その様子に芽衣子もまた安堵する。たとえふりかけだけでも、患者の入院費用に上乗せされてしまうからだ。できることなら、入院費以外に、無駄な費用をかけることはない。それが高齢者ならなおのことそう思う。

だから、電子カルテを確認してふりかけが大丈夫であれば、こういった誘導もする。

「それじゃ、ほかにもありましたら、相談してくださいね」

いえいえ、こちらこそよろしくお願いします。そう、頭を下げた女性に芽衣子も頭を下げて、パイプイスから立ち上がった。

(これでモニタリング終了、っと)

自分が担当していた病室から出て、ほっと一息つく。

残りの仕事は、電子カルテに今までした患者とのやりとりを入力していくだけだ。手元にある資料を片手に前を向いた瞬間、芽衣子はその場で固まった。

「……」

隣の病室から出てきた医師と目が合う。――精悍《せいかん》な表情をより引き立たせる眼鏡の奥にある瞳が、芽衣子を捉えた。見間違えることはない。そこに立っていたのは、各務良真、その人だった。

ばくばくと急激に脈打つ心臓をそのままに、せめて表情だけは変えないよう努める。

（落ち着け、落ち着くのよ芽衣子。大丈夫、バレやしないんだから……！）

休日のときと状況も違えば自分の格好だって違うわけであって、落ち着いて行動すればバレない。そう言い聞かせて、眼鏡を白衣のポケットにしまった良真に向かい、視線を落として会釈する。それから慎重に歩き出した。今朝の新城とのやりとりも思い出して、歩き方にも気をつける。

「……」

良真の視線はまだ芽衣子に、向けられている。

誰か彼に話しかけてくれればいいのに。そう思った瞬間、すれ違いざまにそれが起こった。

「各務先生」

「ん？　なにかな」

病室から顔を出した看護師に名前を呼ばれて、良真の意識がそっちに移る。ほっとした芽衣子は良真の気配を後ろに、ナースステーションに向かって歩いた。あとはこの角を曲がって非常階段のところまで行けば、どうにかなる。

ナースステーションまで、あと一メートルあるかないか。

（もう少しで、角を曲がれる……！）

焦らず、周りに少しでも気づかれないように、最後まで緊張を解くことなく速やかに角を曲がっていく。

（……よし！）

――しかし、現実は甘くなかった。

心の中でしっかりとガッツポーズをした刹那、肩を掴まれ呼び止められた。

「待った」

身体は一瞬のうちに強ばり、表情もひきつる。恐る恐る振り返った先にいたのは、今声をかけられたくない人物ナンバーワンの各務良真だった。

「……なんでしょうか？」

「足、大丈夫？」

身体から血の気が引いていく。喉はからからになるし、脈拍も速い。けれど、全力で相手を騙さなければいけないため、平静を装った。

「なんのことですか？」

「右足を庇っているように見えたから、痛めてたりしたら大変だと思って」

「……ちょっと深爪をして、指先が痛むだけです」

いい言い訳だと心の中で絶賛している芽衣子に、良真はその瞳を細める。

「そう」

「ご心配、ありがとうございます」

　一刻も早くこの場から逃げ出したい。それしかなかった。口早に「失礼します」とその場をあとにしようとするが、再び良真に声をかけられた。

「待って」

「……今度はなんでしょうか？」

「君、見ない顔だけど……この階を担当してるの？」

　三階の担当医にはほとんど挨拶をしていたが、確か良真は彼の都合で挨拶をしていなかったことを思い出す。それは社会人としてまずい。居住まいを正した芽衣子は、顔を見られないよう深く頭を下げた。

「申し遅れました。先週から三階を担当することになった管理栄養士の若宮です。今後とも、よろしくお願いいたします」

　しっかり挨拶をすませた芽衣子は、頭を上げて良真を見上げる。

「それじゃ、失礼します」

　今度こそこの場から離れられる！　そう希望を胸に背を向けようとするが、良真は離してくれなかった。

「名前は？」

「……え？」

またも呼び止められて戸惑う。

「名前」

「……」

「苗字しか教えてもらってないよ。俺、女性は名前で呼びたい主義なんだ」

にへらと笑った良真を前に、こっそり息を吐く。本当ならば何も言いたくなかったのだが、ナースステーションの前でこれ以上絡まれて周りの注目を浴びるのも嫌だったので、渋々自分の名前を口にした。

「……芽衣子、です」

「へぇ。芽衣子ちゃん」

相手にはバレてないはずなのに、なぜか嫌な予感しかしない。

「何か……？」

「別になんでも」

「それじゃあ……失礼します」

頭を下げ、今度こそこの場から逃げられると思った芽衣子は、慎重に非常階段の鉄のドアを開けて中に入った。その後ろ姿をニヤニヤと笑いながら見ている良真を知らずに。

「――どうしたんだよ、各務。ずいぶんと楽しそうだけど」

何かあったのか？　と言いたげな同僚からの言葉に、良真は楽しい気持ちを隠しきれなかった。隣に並んだ同僚・新城の声に非常階段のほうを示す。

「新城、あの子知ってるか？」

「え？　今非常階段のドア開けた子？」

「そうそう」

「ああ、若宮さんだよね」

「知ってるのか？」

鉄のドアが閉まったのと同時に、良真は新城に向き直る。

「……もちろん。と言っても、今朝助けてから名前と顔が一致したんだけどね」

「助けた？」

「うん。階段でつまずいてさ。捻挫してるっぽくて、右足庇って歩いてるみたいだったから診たんだけど、ちゃんと処置してあったよ」

「へぇ」

どうしてもにやける口元を抑えることができない良真に、新城が困ったように眉根《まゆね》を寄せた。

「こら各務、今度はああいう子で遊ぼうって言うんじゃないだろうな？　興味なんて持つなよ」

呆れた新城の言葉の裏には『面倒なことはするなよ』という警告と、彼女に対する心配が含まれていた。それをわかった上で、良真は口角を上げる。

「無理だな」

「え？」

「この間、たまたま拾った子羊に似てるから興味がある」

「……羊？　あの子は人間だぞ？」

よくわからないけど仕事に戻るぞ。羊の話になり気が抜けたのか、新城は良真の肩をぽんぽんと叩いてナースステーションに向かった。

「右足に捻挫をしていたんだよ、その羊《コ》も」

密かに笑う良真の顔は、まさに獲物を見つけたケダモノのような微笑みだった。


そのころ、芽衣子は三人の看護師に囲まれていた。しかも、非常階段で。

「……あの、……なんの、用、で、しょうか……」

三人に囲まれた芽衣子は畏縮《いしゅく》するしかない。何を言われるのかわからなくて、びくびくしていると彼女たちは一斉に口を開いた。

「どうして話しかけられたの」

「どうやったら話しかけられるの」

「ていうか、どうして話しかけられたの」

「教えて!!」

最後ばかりは、三人の声が綺麗に揃った。が、芽衣子は何を言われているのかまったくわからなくて呆ける。

「……教えて、と言われましても……」

「各務先生はいつだって優しくてかっこよくてイケメンだけれど」

「あんなに何度も人を呼び止めるような人じゃないんです」

「ていうか、私も話しかけられたい！」

（それは自分でがんばればいいのでは……？）

あえてその言葉を口にはしなかった。口にしたところでそのあとの対応をするのが面倒だと思ったからだ。

彼女たちの熱意は伝わるのだが、一人ひとり落ち着いて話をしてほしかった。早口言葉を聞かされているような勢いで三人がしゃべるので、戸惑うばかりだ。そんな芽衣子に、彼女たちはさらに畳み掛けるように話しかけてくる。

誰が誰だかわからないので、芽衣子は向かって右から信号機の赤・青・黄、とあだなをつけることにした。

「しかも、あんな表情を見せたこと」

「今まで一度だってないんですよ!?」

「私も一度だって話しかけられたこと……、あ、挨拶ぐらいならあるけど、それ以外はないんだからね！」

もう、どうしたらいいのかわからなかった。思考が迷子だ。ただ、わかるのは『各務良真に関わると、面倒なことが起こる』という事実だけだった。

「あの、私と各務先生はあそこで挨拶をしていただけで」

「でも二回も呼び止められてた！」

黄色が叫ぶ。よく仕事をしながら注意深く見ていたなぁさすが黄色、などと感心しそうになった。そして冷静になった心の中で「お願いだから仕事をして」と叫んだ。

「私、足を怪我《けが》してて、それを心配してくださったんです。それだけですから」

「……なるほど」

（それで三人一斉に納得するのね……）

安心した三人が今度は良真をどうやって食事に誘うのか作戦会議を始めたので、早く仕事に戻りたい芽衣子は、とにかくと言って話を切り出した。

「仕事に戻りたいんですけど、もういいですか？」

「かまいませんよ」

「お好きにどうぞ」

「ていうか、今それどころじゃないから」

もう、がんばってください。と、芽衣子は心の中で信号機トリオに別れを告げ、階段を下りた。

——もう、二度と良真に近づかない。と、心に決めて。


なのに。


(どうしてこうなるの……?)

休憩室に群がる看護師の中心でニコニコしているのは、近づかないと心に決めたはずの良真だった。電子カルテにひととおり入力がすみ、モニタリングに戻った芽衣子を襲った悲劇。それは、担当医への相談とそれに対する返答だ。何度も確認した。目が皿になるまで確認したのに、芽衣子が担当している病室のとある患者さんの担当医が、各務良真だった。

その名前を見つけたとたん、詰んだ、と思ったのは言うまでもない。

「……各務先生」

「はいはい？　あ、芽衣子ちゃん」

軽い返答に、思わず眉間《みけん》にしわが寄る。が、すぐに笑みに変えて対応した。

(いけないいけない。これが終わったら業務終了なんだから、気をつけないと)

「何か用かな」

群がる看護師の中には、もちろんあの信号機トリオもいて、厳しい視線を芽衣子に投げつけてくる。ここはもうさっさと用件をすませて帰り支度をしよう。そう思い、用件を口にした。

「303号室の桃山《ももやま》さんなんですけど」

「ああ、美千代《みちよ》さんね」

「……患者さんも名前で呼んでるんですか？」

「だって、そのほうが親近感わくだろ？」

「失礼じゃないんですか？」

「本人が喜んでたら失礼じゃないな」

「……わかりました。続けます」

ああ言えばこう言う。結局、良真に負けて話を続けた。

「桃山さんの病院食の変更についてなんですけど、ストレスからか胃が荒れているので、本人と相談の上おかゆにしようと話していまして」

基本的に、何をするにも担当医の確認と許可が下りなければダメだ。献立でもそう。しっかり担当医とその患者を受け持つ看護師に相談をしてコンセンサスを取った上で変更を行う。たとえ、患者の要望で「おかゆが食べたい」と言っても、必ずしも許可されるとは限らないのである。

「今、美千代さんの息子さん受験だからね。きっと、気が気じゃないんだろうな。大事な時期に入院してサポートできないこと気にしてたしね。ほら、一番上の子の受験って気を遣うでしょ」

「……はぁ」

「責任感の強い美千代さんらしい胃の荒れ方だな……。今度、俺も気にしないように言うから、芽衣子ちゃんも軽くそう言ってあげて」

「……わかりました。で、献立の変更は」

「しても構わないよ。むしろそれでよろしく」

芽衣子に笑顔を向けた良真は、くるりと振り返って看護師の名前を呼んだ。

「知恵《ちえ》ちゃーん。303号室の桃山美千代さん、献立変更になったから、一応伝えておくね。あと、芽衣子ちゃん」

「はいっ」

もう話しかけられることはないだろうと気が抜けていたのがあだになる。急に名前を呼ばれて驚いた。気もそぞろになっていたのがバレたのか、良真はにっこり微笑んだ。

「急に話しかけてごめんね」

「……いえ」

「献立変更に関する書類は俺のほうで揃えるから、電カルの入力だけお願い」

「……わかりました」

おまえを信頼している、みたいな顔をしないでほしい。こうした、ときおり見せる表情に自然とときめいてしまうから、イケメンは怖い。

「あ、あと」

再び話しかけられて、芽衣子は顔を上げた。

「美千代さんの状態に気づいてくれてありがとう。俺も気にしてたんだけど、美千代さんがんばりやさんで、食事全部食べちゃうんだよね。だから、助かった」

モニタリング中のなにげない会話から食欲不振だったことを知り、桃山とは献立の変更の話をした程度だ。何度か病棟を回った際、世間話をしたときに受験生の息子がいる話は本人から聞いていたが、聞き流していた。それがまさかストレスに繋がっているとは気づけず、もっと丁寧に話を聞いていれば桃山に痛い思いはさせなかったのに、と悔いていたところだった。

その気持ちをまるで掬《すく》い上げるような良真の言葉に、視線が落ちる。褒められることじやない、と。

「……仕事、ですから」

「うん。ありがとう」

すべては経験に繋がる。自然と良真の会話からそんな言葉が浮かんだ。何も言えず、頭を下げた芽衣子は休憩室をあとにした。

電子カルテに入力するべく栄養部のデスクに戻る道すがら、それにしても、と考える。

「よく見てるなー、患者さんのこと」

彼の仕事ぶりに感嘆の息をもらす。担当する患者が多ければ、それだけ見落としだってあるだろう。人間なんだから、細かな情報などすぐに忘れてしまうはずだ。

それなのに、各務良真という医者は、気遣いがしっかりしていた。女性限定なのかもしれないけれど。

「……もっと、がんばらないと」

今日一日で彼に近づきたくない気持ちと、彼への興味が大きくなっている気持ちのふたつがあることを芽衣子は知った。

第五話　また、会ったね？

良真と出会ってから、なぜか一日がすぎるのが早く感じる。

あれから何度となく職場で絡まれることが多くなった。わざとなのかと疑ってしまうぐらいの頻度で良真からちょっかいをかけられ、その後は必ずと言っていいほど信号機トリオに捕まり嫌みと羨望《せんぼう》のまなざしを受ける。そしてその合間に仕事をする日々が続いていた。

——正直、相手をするのもめんどくさい。の、だが、会話の中から学ぶことも多々あった。だから性質が悪い。

どうしてこうなったのかわからないけれど、良真に構われるのも、信号機トリオに絡まれるのも精神力が削られる。そのせいか、休日ともなればその疲弊した精神を休めることと、良真を忘れることを第一に考えていた。

それなのに、口から出るのは良真の愚痴《ぐち》だらけだ。

「へー、そんなことがあったんだ」

今日の休日は、槻野辺病院院長の一人娘でもある看護師の槻野辺雛《ひな》と一緒に過ごしていた。かわいらしい容姿に綺麗をも兼ね備えている、素晴らしい女性だ。

どうしてこの病院には良真や新城のようなイケメン医師や、相葉など人間としても素晴らしい女性が多いのだろう。と、思ったところで信号機トリオの顔が浮かび、考えるのをやめた。

いろんな人がいて、いい。そういう結論にたどり着く。

「それで、その状況は落ち着きそうなの？」

雛が芽衣子の憂鬱《ゆううつ》な顔を覗き込みながら、心配の表情を浮かべた。

彼女には良真との関係は話していない。ただ、仕事の愚痴ということで良真の話をしている。さすがに看護師に信号機トリオの話はできないと思い、そこは当然省略した。

「……さぁ。私にはいつ落ち着くのかすらわかりません」

「うーん。それにしてもどうしたんだろうね。私も各務先生は知ってるけど……、無駄に絡むような人じゃなかったよ？」

「それ、他の看護師の方にも言われました。自分から構うような人じゃないって」

ソースはもちろん信号機トリオだ。

「そうだね。来る者は拒まず、去る者は追わずってスタンスの人だから、取り巻きの子たちみたいに自分から近づかなければ相手にしないはずよ」

「……それが、なんだか違うみたいで……」

芽衣子が良真に何もしなくても声をかけてくるのだからたまらない。

「もしかして、芽衣子ちゃんが何もしてこないから、声をかけてくるんじゃないの？」

「それって、各務先生が私に何かされたいと思ってるってことですか？」

「……たぶん」

「雛さん。……私、普通に楽しく仕事をしたいだけなんです」

雛には前の職場で起きたことを話していた。今の病院で、たぶん相葉の次に芽衣子の過去を知っている人間だと思う。他の看護師たちと違い、こういうプライベートな話を、雛は決して口外しなかった。それだけ、プライバシーを守ることに関しては徹底している。

もちろん、それは仕事上でも同じ。

仕事をしながらそれを知ったからこそ、芽衣子も雛には良真と過ごした休日以外のことは全部話していた。

「なんで声をかけてくるのか理由がわかりません。私、ただの管理栄養士ですよぉ」

ランチの終わったカフェテラスで、思わず情けない声を出してしまった。こんなにも晴天なのに、顔を突っ伏して泣きたい気分だ。ここに相葉がいたら、きっと「若いなぁ」なんて言ってニコニコ笑うのだろう。その相葉も今日は誘ったのだが、あいにく家族との先約があったので、そっちを優先してもらった。

「各務先生のことはどうでもいいとして」

自然と落ちていた視線を上げた先にある雛の表情は、なんとなく厳しい。

「ただの、っていうのは聞き捨てならないわね」

「……え？」

「芽衣子ちゃん、あなた最近評判いいのよー」

「……はい？」

「患者さんいわく、明るくて気遣いもできて、親身になって相談にも乗ってくれる。笑顔のかわいい管理栄養士さん」

「……なんですか？　その、褒めちぎられてる人。相葉さんしか思いつきませんけど」

「あなたのことよ、あなたの!!」

「またまたー。そんなすぎた言葉、私にはまだ似合いませんよ」

「でも、本当のことなんだからしょうがないでしょ」

確かに、雛はからかうような雰囲気ではない。でもだからって、にわかには信じられない話だった。

「その、ただの管理栄養士のせいで私たち看護師の立場が危うくなったらどうしてくれんのよ」

「え、……えぇ⁉」

雛はその場に立ち上がってテーブルの上にある伝票をさらりと取り上げる。

「あなたの仕事がちゃんと評価されて、私たち看護師の耳にも入るようになったんだから、しっかり喜びなさい」

そう言って、颯爽《さっそう》とレジに向かって歩いていく雛の後ろ姿は神々しかった。

「って、雛さん待ってくださいぃー！」

芽衣子は慌てて立ち上がり、雛の背中を追いかける。

愚痴をある程度吐き出したせいか、それからはすっきりとした気分で雛との休日を楽しんでいた。そもそも、こうして同じ病院に勤めている人と職場を離れて一緒に休日を過ごすということを、芽衣子は前の職場でもあまりしたことがなかった。

『そういえば、芽衣子ちゃん明日休みだよね。私も休みだから一緒に甘いもの食べに行かない？』

きっかけは、雛からの些細な一言。でもそれがとても嬉しくて、芽衣子はふたつ返事で誘いに乗ったのだった。

カフェを出てからは映画で陰鬱《いんうつ》な気分を発散して、明日からの仕事を乗りきる勇気が出た。それに、前回のリベンジもしたかったのでようやく気が晴れたような気分だった。

映画を観たあとは夕方になり陽も傾いていた。が、直前までカフェでまったりと遅めのランチを摂《と》っていたせいか夕飯という気分にもならない。そこで、二人は映画館の出口にあったクレープ屋でデザートクレープを買ったのだった。

「それにしても驚いたなー」

「ふぁ？」

芽衣子がおいしそうなクレープを口に入れたところで、隣を歩く雛の言葉に足が止まる。

「芽衣子ちゃんだよ」

口の中で広がったカスタードと生クリームの甘い香りが鼻から抜けていく。それを全部飲みこんでもまだ、口の中にカスタードの甘みは残って幸せな気分は続いていた。

「っん、私がどうかしたんですか？」

ライトアップを始めた街灯の下で、雛はうふふと笑う。その姿がとても可憐で、自分より年上だなんて思えないほどかわいかった。

「普段の仕事姿とプライベートが全然違うから、びっくりしちゃったの」

「そうですか？」

「そうよ。普段は地味な格好して、足出したことなんてなかったでしょう？」

「だって、今日は雛さんと一緒に過ごすんですよ。少しぐらいかわいい格好して、雛さんの隣を歩きたいじゃないですか」

「なにそれ」

雛は笑いながら、クレープの端っこを口に頬張った。嬉しそうに微笑む彼女の笑顔が、キラキラして見える。

なぁに？　と、クレープを咥えたまま首をかしげる雛に、芽衣子はなんでもないと首を横に振った。こういう人が愛される女性なんだろうなぁ。なんて、漠然と思ったことを今はまだ口にしなかった。

「……目標としたい女性がたくさんいる職場にいられて、とても幸せだなぁって思ったんですよ」

するりと出たのは、芽衣子の素直な気持ちだ。こんなステキな職場に巡り合えるなんてそうそうない。前の職場で最後に自分に向けられた冷たい視線を思い出して、目の前にある幸せを絶対に離さないと決めた。心の中でひっそりと。

「かわいがってほしいなら素直に言いなさいよね。もっとかわいがってやるんだから」

顔を真っ赤にさせて言う雛に、芽衣子も笑う。

「嘘じゃないんで、信じてくださいね。雛さん」

「もー、芽衣子ちゃんってば」

ちょっと寒いけど、と言って雛は芽衣子を噴水の前にある小さな腰掛けに誘ってくれた。

オフィスとエンターテイメントの複合施設の中央にあるせいか、こうしたライトアップする噴水などちょっとしたおしゃれな空間があった。二人で仲良く並んで、夕闇《ゆうやみ》にまぎれた街を見つめる。

目の前の景色が次第に色づき始めていく。街灯の下を忙しなく歩く会社帰りの人や、遊びに来ている人。カップルや家族連れ。そしていたるところにたなびく「ハッピーバレンタイン」の文字。

「そっか、もうバレンタインなんだ」

なにげなくつぶやいた芽衣子の声に、雛はそうだねと笑った。

「雛さんは誰かにあげるんですか？」

何を？　きょとんとした目を自分に向けてくる雛に、かわいいなぁと口元を綻ばせて、芽衣子は言う。

「チョコですよ」

決まってるじゃないですか。笑って続けた言葉に、雛は誰かを思い浮かべたのか、愛しさを表情にした。表現しがたい表情に、芽衣子は同性とはいえ、ときめく。

「本命、いるんですか？」

「……いる」

こくりと頷く可憐な女性は、恥ずかしいのか頬を染めて俯《うつむ》いた。その様子に、さらに年齢が若返ったような感覚に陥る。見ている芽衣子の息が詰まった。

「……そ、そう、です、か」

「なんで芽衣子ちゃんが照れるのよ」

「私、あんまりそういう反応する方見たことがなくて……」

「どういうこと?」

じっと雛に顔を見つめられ逡巡したのち、芽衣子は視線を逸らして本当のことを言う。

「素直に彼が好きだって表情に出す人」

「!?」

真っ赤になる雛が純粋にかわいい。自分はあまり恋愛に夢などなく、淡白だからこうした反応が初々しくてとても羨ましかった。

「雛さんに愛される相手は、幸せですね」

「何を言ってるの。芽衣子ちゃんのごはんを食べられる彼のほうが幸せなんだから」

「……なんだったら、簡単でおいしいごはん教えましょうか?」

「ほんと!?」

食いつく雛に、芽衣子は食べ終わったクレープの紙を丸めてコートの中につっこんだ。

「じゃあ今度、みんなでレシピ交換会しましょうよ!」

「レシピ交換会?」

「はい。よその家の料理アレンジや裏技って結構知らないことが多いじゃないですか。だから、それを持ち寄って、みんなで料理を作るんですよ。で、おいしかったら作り方も教えてもらえるし、味もわかって一石二鳥！」

「……うわー、なにそれおもしろそう」

「料理だけじゃなくって、お菓子でも楽しいですよ。和洋中、イタリアンにフレンチ、創作料理もどんとこいで」

雛の瞳がキラキラと輝く。芽衣子も最初にこれをやったときは、勉強になった。どうしたら簡単でおいしい料理が作れるか。かつ、しっかりとした栄養も摂れるのか。そういうのをみんなで、楽しく学んで吸収していくのにいい場だった。

「いいね、企画してみよっか」

雛もまた企画に乗り気だったことが嬉しくて、芽衣子はお願いしますとその場で立ち上がって頭を下げる。顔を上げた芽衣子ににっこり微笑む雛。――しかし、その表情が次の瞬間、ぴしりと凍りついた。それはさながらメドゥーサの目を見てしまったときのような様子で。

「雛さ」

「ああ、やっぱり雛ちゃんだ」

突如、背後から聞こえてきた声に、息を呑む。芽衣子自身も背筋の凍る思いがした。振り返りたくない気持ちでいっぱいになる。

「各務先生……、どうしたんですか、こんなところで」

いち早く状況に対応した雛の声は、平静を装っている。芽衣子も振り返ることはしなかったが、自分の気持ちを落ち着けていた。とにかく、まずは荷物を手にしていつでも逃げられる準備を――。

「見知った人を見かけたから、足を止めてみたんだ。ねぇ、メイ」

後ろから腕を回して首をそっと抱きしめてくる良真に、動きが止まる。まるで、逃がさないとでも言うように、苦しくない程度に首をきゅっと絞められてるような気がするのは気のせいだろうか。

「ひ、人違いじゃないですか？」

芽衣子の怯えた声に良真は喉の奥で笑って、そっと唇を寄せる。

「そんなわけあるか。この服、この間と一緒」

そうだ。そうだった。この間良真とひと晩過ごしたときと同じ格好をしていたことに今さらながら気づいた。どうせそうそう街中で会うことなんてないだろうし、むしろ会わないと思っていたからまったく同じ服装を選んだのだった。

「服、それしか持ってないんだろ」

耳元で囁かれた最後の一言が心に刺さる。確かに、良真の言うとおり芽衣子にとってのおしゃれな組み合わせはこのコーディネイトしかなかった。悲しいことに。

「……あの、各務先生？」

困った表情をしている雛に、良真はにっこり微笑む。

「ごめんねー、雛ちゃん。今日一日メイの相手してくれてありがと」

「は？」

「………………え？」

芽衣子が反応したかなりあとに、雛の戸惑った声。この三人の中で、今一番状況を理解している人は当事者である芽衣子本人だ。しかし、その本人にだって理解できない状況はある。

「……あの、どういうことですか？」

そして、いち早く状況を確認しようとするのもまた、芽衣子が先だった。

「どういうこともなにも、そういうことだよ。メイ」

「良真さん！」

そういうことを言ってるんじゃない。と暗に伝えても、良真は芽衣子の話を聞かなかった。

「ちょうど、メイに会えないかなって思ってたら、職場の子と一緒にいるところを見かけたんだ。当然、声かけるだろ？」

「迷惑です。つーか、重い！　寄りかからないでください!!」

「そんなばっさり切らなくてもいいじゃないか」

「ちょっと人の話聞いてます!?　とにかく、離してください！」

「嫌だ。メイに会いたかったんだ」

「私は会いたくありませんでした！」

「そんなに嫌がるなよ、俺とメイの仲だろ？」

女には困ってないとか恋愛には興味がないとか言ったくせに、どうして良真が芽衣子の彼氏面をするのか理解できない。

「誤解を生むようなこと言わないでください！」

「誤解じゃないだろ、本当のことじゃないか」

「断じて違います!!」

「そんなふうに全力で否定されると俺も寂しいな」

「そのまま寂しがっててください！」

「あれー、そんなこと言っていいのかな？」

「え？」

恐る恐る振り返って良真の顔を見る。その顔が思いのほか近いことに心臓が高鳴ったけれど、それだけだ。意識はすべて彼の表情に持っていかれた。芽衣子の頬に近づいてくる良真の口元が、邪悪に歪んでいたせいで。

「人前でその口塞ぐぞ」

　ぴたり。芽衣子の動きが止まり、自然と口が閉じる。それを確認した良真が、にっこり微笑んだ。一応、これで芽衣子と良真の口論に終止符が打たれたことになったわけだが、そこへ傍観していた雛の声が挟み込まれた。

「あの……、各務先生？」

「ん？　なに、雛ちゃん」

「お二人の関係って」

「ああ、付き合」

「ってないです！」

　すかさず否定に走る芽衣子の口を、良真はその大きな手で覆う。

「むがーっ!!」

「付き合ってるよ。でも、みんなには言ってないから、できれば内緒にしてほしいんだ」

　雛は良真と芽衣子を交互に見て、さらに戸惑っている様子だ。芽衣子は必死になって首を横に振ろうとしてるし、良真はにこにこ笑っている。こんな状態でいったい誰を信じたらいいのか誰だってわからないだろう。それでも、芽衣子は信じてほしいと目で訴える。

その気持ちが伝わったのか、雛ははぁとひとつため息をついた。

「……わかりました。何かと事情があると思うので、黙っておきます。それじゃ、私はこの辺で失礼しますね」

「ふぁ⁉」

立ち上がった雛に、芽衣子は助けを求めるように視線を向ける。しかし、雛は苦笑だけ返した。

「早くあなたと二人きりになりたいって、各務先生の顔に書いてあるんだもの」

困ったように微笑む雛はそう言った。良真がどんな顔をしているのか見えない芽衣子は、それが本当なのかすら確かめられない。

「とにかく、二人でちゃんと話し合ったほうがいいと思う。お邪魔虫は退散するから、がんばってね」

にっこり微笑んだ雛はその場から去っていった。その後ろ姿はこの状況を楽しんでいるようにも見えるし、何か期待しているようにも見えた。置いていかれた気持ちでいっぱいになった芽衣子の口から、そっと良真の手が離れていく。

「……どうしてくれるんですか」

俯いたまま、やるせない思いを口にした芽衣子に、良真は「何が？」とあっけらかんと答えた。頭にきた芽衣子が食いつくように、良真に向かって顔を上げる。

「何が、じゃありませんよ！　良真さんのせいで、雛さんに誤解されたかもしれないんですよ!?　しかもはっきり付き合ってるなんて嘘つくし！　いったいどうしてくれるんですか!!」

「どうするもこうするも、雛ちゃんに知られて困ることってあるの？」

「あり」

ます、と続けようとしてはたと気づく。たぶん、まだ〝メイ〟が同じ職場の人間だと気づかれていないはずだ。だったら、ここでその返答はまずいだろう。そう思いなおした芽衣子は、

「ません」

と、答えた。普通に考えたら、そうだろう。

「ずいぶんと間があったな」

「……ちょっと言葉に詰まりまして」

「ふぅん。じゃあ話を戻すけど、俺とメイが付き合ってるのバレても問題ないよね」

「……ありませんよ。雛さんとはお友だちですし、バレても……って、そういう問題じゃないんです！」

「じゃあどういう問題？」

「良真さん、私に女には困っていない、恋愛には興味ないって言ってたじゃないですか！」

「うん。言ったね」

「あれ、どうなったんですか！」

「前言撤回するよ」

「そんなすぐしないでください！」

「まぁまぁ。そんなこともあるさ」

そう言って、芽衣子の手を取り噴水に向かって歩き出した良真の背中は何も語らない。

「とりあえず、ちょっと歩こう」

握られた手は思いのほか温かくて驚いた。ぎゅっと握り締めてくる彼の手を、芽衣子も諦めたように握り締める。そのとき、ふと彼の片方の手に握られているものに気づいた。

（……プレゼント？）

明らかにプレゼント仕様の紙袋に目がいき、なぜかがっかりした心を知る。

自分には関係ないと思いなおして、複雑な気持ちを首を振ることで忘れようとした。その間に、噴水のそばを通る。横目で見た噴水の前には、カップルが数組。寄り添う姿がとても幸せそうに見えて、思わず目を逸らした。

「メイ」

ふと呼ばれて俯けていた顔を上げる。いつの間に立ち止まっていたのか、芽衣子は良真にぶつかった。彼の腕の中に飛び込むようなかたちで。

「……どうした？」

「なんでもないです」

「急にさっきまでの元気がなくなると、心配になるだろ」

「……なんでもないですってば」

なぜだろう。こうして抱きしめられて良真の香りに包まれているだけで、泣きそうな気分になってきた。あのときはそんなふうに思わなかったのに。

どうしてだろう？

「メイ？」

見上げた良真が、穏やかに芽衣子を見下ろしていた。そんな彼の顔を見ていると、不思議な気持ちがわきあがる。くすぐったくて、泣きたくなって、縋りつきたくなって。

その優しさに包まれたいと、本気で思っている自分がいた。

「……なんなんですか？」

彼も、自分も。

「何が？」

――この、感情に振り回される。

「急に現れて、……付き合ってるなんて嘘言ったりして、かと思えば誰かにあげるプレゼントなんて持ってるし……。私のことをからかってるんですか……？」

「そう見える？」

静かに自分を見下ろす彼の瞳が、寂しそうに揺らめいた。が、見ないフリを決め込む。

「……私には、良真さんの本音が見えません」

じゃあ、そう口火を切った良真が、芽衣子を離す。

「見せてあげようか」

微笑む良真が、その場にしゃがみこんで持っていた紙袋から箱を取り出す。何をするのかと見ていると、彼は箱を開けた。中に入っていたのはヒールがそんなに高くないパンプスだった。

「……はい、足貸して」

言われたとおり右足を差し出すと、良真は足首を撫でてそっと今履いてるパンプスを脱がせた。

「なにして」

「うん、この間の捻挫はしっかり治ってるな。よかった」

そうして、そっと芽衣子の足に靴を履かせていく。それも、今箱から取り出した新品のものを。

「……あ、の」

「ん？」

「なん、で……？」

「だって、これは君のために買ったからね」

どくん、と大きく心臓が高鳴る。

「え？」

「これが、俺の本音、だよ。本気って言葉に置き換えてもいいけど」

――夢みたいだと思った。

掃除以外なんでもできるイイ男が、芽衣子のために靴を買い、それを跪《ひざまず》いて履かせるなんて。童話やドラマのようなキラキラした世界じゃないのだから、こんな光景を目にできるとは思えなかった。しかも履かせてもらった靴は、驚くほど芽衣子の足に馴染む。

「この間、靴壊してただろ」

だからって、新しいものを買い与えるのはいくらなんでもやりすぎではないのか。

「はい、反対の足」

というか。

「……サイズがぴったりなんですけど」

「どうしてだろうね」

差し出した左足を取って、飄々と靴を履かせていく良真に軽くあしらわれているような気がして、芽衣子は唇を尖らせた。

「……そういう男は、決まって女に慣れてるって、聞いたことがあります」

「ああ。それ、教えたのモトカレだろ」

軽く見抜いた良真に、絶句した。それでも認めたくなくて「違う」と反論するが、靴を履かせ終わった良真が立ち上がった際の言葉に、口が閉じる。

「俺にしたらいいのに」

一瞬、何を言われたのかわからなくて、呆気《あっけ》に取られていた。またいつものようにからかっているのなら、靴なんて投げつけて裸足で帰るつもりだった。しかし。

「……」

彼の静かなまなざしに、動けなくなった。

辺りを彩るイルミネーションに照らされた良真は、いやにかっこよく見える。青いライトを背にして、精悍な顔つきが彼の真剣さを物語っていた。

「……何を、言っているんですか?」

「極めて素直な俺の本気だけど」

良真のその発言で、改めて芽衣子は彼に対して戸惑いを持つ。

「……信じられないって顔してるね」

「はい」

「素直だな」

困ったように微笑む良真は、そっと芽衣子の頬を覆った。ひんやりとした手のひらが、芽衣子の体温を奪っていく。

「メイは、俺が好きでもない女に靴を買って、しかも履かせてやるぐらい優しい男だと思ってる？」

いや、ない。

それは即答できる。職場で見かける良真は女性に対して優しいが、自分から何かをするということをしない。絶対に相手のリアクション待ちだ。自分から何かをするのは患者に対してのみ。

それを見て、知っているからこそ、芽衣子は即答できる。

「……メイ、答えて」

そんな仕事中にしか見せないような真剣な表情で問われたら、答えないわけにはいかなかった。

「思い、ません」

「じゃあ、俺の気持ちは伝わったのかな」

「それはわかりません」

「なんで？」

「人を、愛したことがない人の言葉なんて、……信じられません」

良真は、困ったなとつぶやいた。

「んー。……これが、俺にとって初めての愛かもしれないのに？」

そんな言葉が飛び出すとは思ってもみなかった。唖然《あぜん》とする芽衣子に近づくのは良真の整った顔だ。包み込むように頰を挟まれて上を向かせられて、芽衣子の唇を、良真が優しく塞いだ。——刹那《せつな》。噴水が勢いよくしぶきをあげる。ライトに照らされて、幻想的な世界を水と光で表現していた。

だから、夢だと思った。こんなに優しいキスをされて、噴水の音に混ざって、

「俺と付き合って」

彼の声が聞こえるまでは。

第六話　本気だよ？

『俺と付き合って』

　唇が離れた瞬間聞こえたのは、艶っぽい声だった。噴水の水と光に作り上げられた幻想的な夜の世界で、芽衣子に告げられたのはまぎれもない告白。

「……え？」

「今も恋愛に興味はないよ。それは本当。……でも、メイに興味があるんだ。ひと晩の関係のままで終わらせたくないって、初めて思った」

　急にこんな告白をもらっても、困る。彼の感情の流れが掴めない。芽衣子のどこを見て好きになってくれたのか、理由が見当たらない。今日を入れてたったの二回だ。その短い時間にどうやって相手を好きになると言うのか。

「戸惑うってことは、少しは俺の本気が届いたのかな。……だとしたら、嬉しいんだけどね」

　ちゅ。芽衣子の額にくちづけた良真は嬉しそうに微笑む。

「本当だったら、このままメイをうちまで攫《さら》いたいところなんだけど……、これだけしっかり告白したからそれはやめておくよ。身体目当てだって思われるのも癪《しゃく》だしね」

「そんなこと」

　ない。とは、言い切れなかった。だって、まだ芽衣子の中で良真に対して疑心がある。信じ切れない何かが、ある。それは確かに存在して、芽衣子の心に、気持ちに、ストッパーの役割としてあった。

「……うん。今夜はこれで十分だよ」

　良真は、芽衣子の唇に自分のそれを重ねるとにっこり微笑んだ。

「今日は、靴を渡して俺の本気を伝えたかっただけだから」

　それだけ言って、良真は踵《きびす》を返して歩き出した。

　もう噴水は止まり、辺りはひっそりとしたイルミネーションの光しかない。

「……なんなのよ」

　芽衣子は、まるで世界に取り残されたような気分で、しばらくその場に佇《たたず》んでいた。

★━━━━━━★━━━━━━★

次の日。芽衣子のシフトは栄養指導だった。

栄養指導とは、傷病者が入院する際、または療養するにあたって必要な栄養の指導をすること。つまり、患者の状況に合わせて入院中の食事を出すために、必要な情報取得や指導を行うことだ。

例えば、糖尿病や腎臓疾患のある患者には、食事制限がかかっているため通常の食事は当然ながら出せない。食事によって健康を損なう、または病状を悪化させてしまうことになりかねないからだ。

そうならないためにも栄養指導で患者にも理解をしてもらい、逆に要望を吸い出したりする。食事と健康に関する問診、といったところだろうか。

ここでは栄養指導をするにあたって予約が必須だ。何日の何時から、ということで予約表を組むことになっている。それに沿って、管理栄養士が栄養指導を行うことになっていた。そのため、担当にあたるときは、最初に予約の確認をしなければならない。

芽衣子も自分のデスクで予約状況を確認して、予約表を印刷した。

（よかった……。今日は、そんなに多くない）

時間予約なので、管理栄養士のほうは時間の束縛が厳しいが、患者のほうは割とゆるい。約束の時間までに相手がこなかったら、待っていた管理栄養士は急に時間が空くことになる。そういうときはだいたいファイルの整理や、資料をまとめたり事務仕事になることが多かった。

今日は、午前中に二件、午後に一件入っていた。

「……ちょっとだけ余裕、かな」

というのも栄養指導を行ったあとは、電子カルテへの入力が待っている。そのため、入力にどれだけの時間がかかるかなんて、予測がつかない。内容の多さや、密度によって患者一人ひとりに対するS(Subject)O(Object)A(Assessment)P(Plan)の書き方が違うからだ。

このSOAP《ソープ》をもとに献立を考える栄養士や調理師がいるから、とても重大で緊張する仕事だった。

時計を見て、まだ時間に余裕があることを確認した芽衣子は、少し病院内を歩いて栄養指導室に向かうことにした。

窓から差し込む朝陽が、廊下を照らす。

それを静かに踏みしめて歩く。

まるで、昨夜のことが夢みたいだと感じるように、世界は何事もなく進んでいた。

芽衣子の身に起きたことなど、これっぽっちも反映されていない。芽衣子の〝世界〟だけが鮮やかに彩られて、めまぐるしく動いていた。

頭に残っているのは、嘘とも本気ともわからない、彼の真剣な声だけ。

「あれ、各務先生一服中ですか？」

耳に入ってきた声に肩がびくりと震えた。辺りを見回すと一階のちょっとしたカフェスペースで白衣を脱いだ良真が機嫌よく女性に笑顔を向けている。

「勤務まで時間があるから、ここのコーヒー飲もうと思って。あと、さぼってるように聞こえちゃうから声落とそうね」

「はーい、ごめんなさい」

相手は、入退院受付にいる医療事務の女性だった。彼女たちは看護師や栄養士と違い、受付用のかわいい制服を着用している。やはり病院の看板にもなるので、それなりに外見のしっかりしている人が揃っていた。――つまり、美人が多い。

「あ、ともちゃん、髪型変えたでしょ」

「えー、毛先ちょっと切っただけなんですよ？」

「全体的に梳《す》いたみたいで、印象が軽く見えた」

「え、そうなんですか？」

「うん。色も変えて、トリートメントもしたんだね。いつも以上に艶が出てる」

「各務先生に気づいてもらえるなんて、うれしいです」

頬を桜色に染めた彼女の笑顔は、まさに花が咲きこぼれんばかりのものだった。そんな良真に、芽衣子の胸がズキズキと痛みだす。なぜかムカムカと腹まで立ってきた。

そもそも『付き合いたい』と言ったのは良真のくせに、彼は自分の連絡先を芽衣子に渡さなかった。教えるそぶりも見せなかった。また街中で出会うなんて偶然、そうはない。だったら、そのチャンスをモノにするためにも連絡先の交換ぐらいはするんじゃないのか。じゃあ、それをしないのはどうしてなのか。——彼はああ言ったけれど、やっぱり〝本気〟じゃないってことだ。

きっと何かの聞き間違いだ。そう思い込もうとしても、ムカムカはおさまらない。挙句の果てにはどんなに視界から良真を追いやっても、視線が勝手に彼を追ってしまう。

（ばか）

二人の楽しそうな笑顔を横目に、芽衣子は背を向けて誰もいないエレベーターに乗り込んだ。いつもは非常階段を使うのだが、今はすぐにこの場を離れたい気持ちのほうが強かった。

切なさと苛立ちがマーブル状に絡み合った感情は、最後に、——寂しさへと変わる。

「どーせ、私は気づいてもらえませんよーだ」

メイと、芽衣子。別人だと思ってる良真に、感情すべてが揺さぶられた。痛みと苛立ちとほんの少しの切なさに、心が押しつぶされそうになった。

「どうしたの？」

心配する声に、はっとして顔を上げる。いつの間に着いていたのか、目的の階でエレベーターが開き、乗ろうとしていたらしい新城に見下ろされていた。

「にいしろせんせ……」

「若宮さんがそんな顔してるの珍しいね」

「あの」

「他の患者さんも乗るから、一度出ようか」

優しい雰囲気の新城に連れられ、エレベーターから降りる。迷惑かけてすみませんと芽衣子が降りて頭を下げると、みんな気にしないでと言うように微笑んでくれた。

「時間ある？　話、聞こうか？」

廊下の隅で新城から気遣いある言葉をもらったが、芽衣子はゆるゆると首を振った。

「大丈夫です。これから栄養指導もありますし」

「……そう？」

本当に大丈夫？　そう、彼の瞳は語っていた。芽衣子は新城の優しさだけをそっと受け取り、笑顔を作る。

「はい」

これから仕事だというのに、こんな顔をしていたらだめだ。そう自分を叱咤《しった》した。

「……何かあったら相談ぐらい乗るよ。うちに来て日も浅いのに、いろいろ心配りしてくれてありがとう」

「いえ。私が、患者さんからいただく元気のほうが、多いですから」

「仕事前に呼び止めて悪かったね」

「そんなことありません。助かりました。……ありがとうございます」

しっかり頭を下げて、感謝を態度に表した。

「あんまり、無理しないように」

顔を上げた芽衣子の頭をがしがしと撫でて、新城は背中を向ける。芽衣子はその背中に向かって、再び頭を下げた。

★―――★―――★

続けて二人の栄養指導が終わり、芽衣子は栄養指導室から出て行く患者を見送った。

「ふぅ」

イスに座りなおし、次の予約時間を確認する。

「……あと三時間か」

それぐらいあれば、電子カルテに二人分入力して、ついでにランチもしてしまえるはずだ。間に合わなかったら、あとで入力するときにわかるよう、細かく説明を書いて付箋《ふせん》で貼っておこう。

　芽衣子はファイルを持って栄養指導室から出て、鍵をかけて栄養部に向かった。栄養部には芽衣子のデスクもあり、そこで電子カルテの入力を行う。

　最初は戸惑っていた入力も少しずつ要領がわかってきた。それもこれも相葉のおかげだ。

「若宮ちゃん、どーおー？　終わりそう？」

　デスクでのランチも終わり、とりあえず一人分の入力を終えたところだった。ランチ戻りの相葉に、背後から声をかけられる。

「一人分は終わりました」

「おっけ。実務経験があるからSOAPの書き方に慣れてるし、もう気にかけなくても大丈夫そうだね」

「相葉さんのご指導の賜物《たまもの》です！」

　くるりと振り返って両手で握りこぶしを作ると、相葉はけらけらと笑った。

「褒めても何も出ないよ」

　ばしっと肩を叩かれ、その痛みが食後の睡魔を撃退してしまった。そして相葉は芽衣子の隣の席について、電子カルテの入力を始める。

「あ、そういえば」

「はい」

「雛から聞いたよー、レシピ交換会。なんだかおもしろそうな企画だったんで、栄養部のほうでも参加者募ってみようかなって考えてる」

ディスプレイに向かう相葉と雛は同年代ということもあり、仲良しだ。職種を越えて信頼関係を築いている二人に、芽衣子も触発される。特に仕事に対する姿勢などは、勉強になった。

「発案者、若宮ちゃんなんだって？」

「はい。おもしろそうじゃないですか？」

「うん。仕事にも繋がると思った」

「仕事に？」

「ただでさえ病院食っておいしそうに見えないじゃない？　だから、そうしたアイディアを出す場で、どうしたら彩りも綺麗でおいしそうに見える料理が作れるのかっていう勉強にもなるでしょ。目が肥えるっていうか、目から鱗《うろこ》っていうか」

「……なるほど」

「栄養メインになっちゃうのはしょうがないのよね、ここ病院だし。……でも、やっぱり食べてもらうなら、見た目も綺麗でおいしいもののほうがいいじゃない」

「そうですね。私が患者さんでもそう思います」

「衣食住は、生活するために必要な三大要素だものね」

相手の身になって考える。そして、普段の生活から仕事に活《い》かせることを見出すのは、そんなに簡単なことじゃないと思う。日々の生活の中で、誰かのためにこうしようという気持ちは、生活が多忙を極めればそれだけ薄くなってしまいがちだ。

それでも、ほんの少し誰かのためにと心を運ぶだけで、自分に何かをもたらしてくれる。

もちろん現実はそううまくいかないし、綺麗事を並べただけの理想かもしれない。それでも、もたらしてくれた何かで誰かの喜ぶ顔が見られたなら、そこから幸せが生まれるはずだ。

「今、雛と場所とか日時調整とかしてるんだけど、もしかしたら若宮ちゃんにも手伝ってもらうかもしれない」

「あ、いいですよ。どんどん使ってやってください」

「言質《げんち》、とったからね」

きらりと目元が光った相葉を横目に、覚悟を固めた。

「……は、い」

「じゃ、午後もがんばろうね、若宮ちゃん」

相葉のペースにすっかり乗せられた芽衣子は、電子カルテの入力に戻る。

時間を見てもたぶん間に合うとふんでいた。が、やはりそううまくいかないのが現実である。内容を考えていたら、そこに手間取って入力が遅くなった。最後の予約まで時間がそうないことに気づき、芽衣子は慌てて付箋に思いついたことを箇条書きでまとめてそれをディスプレイに貼った。残りは残業してやる。と心に決めて、栄養部から栄養指導室に向かった。

——のに。

「こなぁい」


待てど暮らせどこなかった。

管理栄養士は予約の時間まではきっちりいるのだが、肝心の予約相手がこないことだってある。こればっかりは相手の都合になるので、しょうがない。連絡がない限りは遅れてくるかもしれないことを考慮して、しばらく栄養指導室で待つことにした。

「……」

急に時間が空いたせいか、ふとした瞬間に昨夜の良真の顔が浮かぶ。

きゅぅっと切なく心が悲鳴をあげた。素直な心に自嘲《じちよう》的な笑みが浮かぶが、次第と切なげに眉根を寄せてしまった。

この感情の名前を知っているが、今は言葉にしたくない。

「もう、会わなければいい」

それが、芽衣子の出した答えだった。

コンコン。ノックの音が二回して、芽衣子は姿勢を正す。どうぞと告げたあとに入ってきた人物を見て、目を見張った。

「相葉さん!?」

「あ、いたいたー。ごめんね、若宮ちゃん。次の予約の人、キャンセルの連絡入ったから、それを伝えにきたの。資料室行くついでに」

「すみません……」

「気にしないで。じゃ、戸締まりよろしくね！」

資料を手にした相葉はそれを最後に出て行った。芽衣子は時間を確認してひとつ伸びをすると、席を立つ。ファイルを持って、どの仕事から片付けようか、などと考えながら栄養指導室から出た。

「……あれ、本多さん？」

かわいいピンクのパジャマを着てエレベーター前にある長イスに腰掛けていた少女の名前をつぶやく。その声が聞こえたのか、本多は俯けていた顔をあげて、情けない表情を芽衣子に向けた。

「ちょ、ちょっと待っててね」

慌てて栄養指導室の鍵を閉めた芽衣子は、本多のところに駆け寄る。彼女の隣には、松葉杖が斜めに立てかけてあった。

「本多さん、どうしたの？」

ここは別棟の地下だ。彼女のいる病室とは場所が違う。本多の目線に合わせるようにしゃがみこむと、その不安そうな瞳を覗き込んだ。

「……あの」

まつげを伏せて消え入りそうな声で、本多が理由を告げる。

「迷子に、……なっちゃって」

なるほど。芽衣子は本多の不安を取り除くように、笑った。

「あるある。私も最近ここにきたばっかりだから、よく迷うんだ」

病院勤務者としてはあるまじきことだ。できればこんなこと患者に不安を与えるから言わないほうがいいのだろう。それでも、本多の様子を見て自分の行動に少なからず恥じているような気がしたから、芽衣子はあえてそれを口にした。

大丈夫だよ、という気持ちをこめて。

「私でよければ、病室まで一緒に行こうか？」

にっこり微笑む芽衣子を見た本多の目からは、嬉しさが垣間見えた。

「お願いします」

ぺこりと頭を下げる本多に、芽衣子は「どういたしまして」と答えると、すぐに行動を開始する。松葉杖に慣れていない彼女の動きに合わせて、行動を共にした。

地下一階からエレベーターに乗って、一階まで上がる。それから渡り廊下を渡って病棟のエレベーターに乗った。三階のエントランスはちょっとした休憩室になっていて、入院患者やその家族にも開放されている。そこに、なぜかまた良真の姿を見つけた。今度は、楽しそうな信号機トリオに囲まれて、いつものように笑みを浮かべていた。正直、今日はもう会いたくないし、見たくもない。

「……若宮、さん？」

本多に声をかけられるまで、芽衣子はその場から動けなかった。また例によって、感情が溢れていたらしい。

「ごめんごめん、降りよっか」

エレベーターから降りられるようにサポートをして、芽衣子と本多はようやっと目的地のある階に、足をおろした。芽衣子はたどたどしく松葉杖をつく本多をはらはらしながら見守っていたが、やはり危惧《きぐ》していたことが起きてしまった。しかも、目の前で。

「きゃっ」

からんからん、と松葉杖が下に落ちる。松葉杖を滑らせて、本多の身体が前に傾いた。芽衣子が手を出して助けるよりも先に、

「おっと」

良真が本多を抱きとめた。とにかく怪我がなくてよかった、と胸をなでおろす。落とし

た松葉杖を芽衣子が拾い、良真に支えられ片足で立っている本多のそばに駆け寄った。

「本多さん、大丈夫？」

「はい。各務先生、ありがとうございました」

芽衣子に無事だと微笑んだ本多は、次に良真を見上げて礼を述べた。

「加奈子ちゃんがこれ以上痛い思いするのは嫌だからね。でも、次からは気をつけるように」

「はい」

もう一度、ありがとうございますと言った本多に良真も頷く。芽衣子も良真に会釈をして病室に向かおうとしたのだが、

「芽衣子ちゃん」

急に呼び止められて首をひねる。

「なんですか？　各務先生」

何か言いたいことがあるのだろうか、良真にしては珍しく言いにくそうに苦笑した。この場から離れるタイミングを逸した芽衣子が、良真の話の続きを待っていると、なぜか信号機トリオが近づいてくる。

「若宮さん、最近患者さんに人気なんですよ、各務先生」

「優しく話を聞いてくれるし、看護師に間違われるんですって」

三人セットじゃないとしゃべれないのか、と疑ってしまうほど揃って信号機トリオが良真に話しかける。なにげなく芽衣子への嫌みを会話の中に織り交ぜながら。

こういうことを仕事中に平然とやってのけるから、女は嫌いだ。公私混同も甚《はなは》だしい。

「ていうか、それは私たちの仕事なんですけどね！」

（じゃあ、仕事してくださいい）

なんてつっこめるわけもなく。この嵐が通り過ぎることをただ願っていた。すると、良真の口からはっきりとした言葉が飛び出る。

「うん、知ってる」

ぽかん、としたのは信号機トリオだけではない。芽衣子もその一人だ。

「……ど、どうして各務先生がそれを知ってるんですか？」

動揺を隠そうとしているのがバレバレの表情で、青が訊《たず》ねる。

「ずっと見てたから」

良真が、彼女の動揺を知ってか知らずか、飄々と返すので芽衣子は息を呑んだ。

「あの、ずっと見てたってなんですか⁉」

「ん？　芽衣子ちゃんの仕事ぶりは、患者さんからも聞いてるし、実際に俺も目にしていたよ。普段から恋愛にうつつを抜かしている現役看護師よりもしっかり患者さんの心のケアをしていると俺も思う」

その言葉に、もちろん信号機トリオの顔色が変わった。

「それに」

今度は良真の目が、呆ける芽衣子の目を捉え、昨夜と同じ表情で見下ろされる。

「仕事に対する姿勢を尊敬してる」

いつもみたいにからかうわけでもなく言われた言葉に、心臓が大きく跳ねた。ただ純粋に褒められただけじゃないか。それだけなのに、ひどく動揺する。

「あ、……ありがとう、ございます。いつもみたいにからかわないんですね」

「からかうなんてひどいな。かわいがってるだけだよ」

「は？」

思わず間の抜けた声が出る。医師に向かってなんていう口をきいてしまったのだろう。慌てて言い直そうとするより先に、呆けていた信号機トリオが復活した。

「あの、各務先生の女性の好みって」

「確か、仕事をしっかりする方っておっしゃってましたよね⁉」

「ていうか、私たち仕事してないわけじゃないんです！」

どうして黄色はいつも墓穴を掘るのだろう。だんだん、かわいそうになってきた。

「そうですよ。最近各務先生の様子がおかしいってみんなで話してて」

「食事に誘っても、全部断られるってみんな言ってました」

赤と青の言葉に、黄色が絶句する。その表情で、彼女にだけはそういった話が回ってこないことを、芽衣子は察した。ちょっと同情する。

「私たち、各務先生のことが心配なんです」

「遊んでもらえないことよりも、各務先生が悩んでいるならお話だけでも聞きたいって」

はぁ、と深く息を吐いた良真は、信号機トリオに向かって冷笑を浮かべた。

「それは、患者さんの前でするような話なのかな」

良真の低い声で、その場にいた全員が固まった。やばい。明らかに怒っている。いや、怒っていることを態度で示そうとしているのかもしれない。

「むやみやたらに人のプライベートを話すのは感心しないな。看護師という、守秘義務が課せられている職業であるまじき行為だよね」

言われなくてもわかってるだろうけど。そう、聞こえた。

「俺はね、何を言われても構わないんだけど、芽衣子ちゃんや加奈子ちゃんに誤解を与えるような発言は慎《つつし》んでもらいたいな」

わかるよね。そう、念を押して良真がこの話をきろうとした。直後、今まで黙っていたかわいそうな黄色が目に涙を浮かべて頭の悪い発言をする。

「どうして若宮さんを構うんですか⁉」

それは今、この場で言わなければいけないことなのか⁉

そう、この場にいる全員が思ったことだった。これだけの時間、しかも人通りのある三階エレベーター前付近でごちゃごちゃしているのだから、さすがにギャラリーは増えていた。誰も彼もがニヤニヤしてこの状況を静観している。

「わかった。この際だからはっきり言う」

しかし、さすが良真。ギャラリーがいても何をされても冷静に話を続けた。

「俺の気持ちが本気だと思わせたい女性がいるから、金輪際遊びはしない」

一瞬の静寂。あぅあぅとショックを受けている黄色の息遣いだけが、聞こえる。

「そ、それは」

「食事もそうだし、なんでもそう」

「各務先生は、みんなの」

「各務先生はみんなのものだけれど、各務良真は誰のものでもない」

きっぱりはっきり宣言した良真に、取り囲むギャラリーから「おおぉ」という歓声があがった。

「強いて言うなら」

言葉を区切った良真が、なぜか緊張しているように見えた。

「誰かのものになってみたいと思える人ができた。それは少なくとも、君たちじゃない」

ギャラリーからの歓声に混ざって、拍手の音も聞こえる。いったい、何がどうなってこうなってしまったのか。芽衣子の耳に入ってくるのは、ギャラリーからの声だった。

「最近の各務先生、何か違うと思ってたら、やっぱりそうだったんだねぇ」

「いつもより男前があがってたから何かあると思ってたんだよ」

まことしやかに囁かれる内容に、芽衣子は案外患者からも見られているということを再認識した。

「と、いうことで。はいはーい、お集まりのみなさまは散らばってー。もうおもしろいことなんてなんにもやらないし、俺はしないよー」

にこやかに、周囲に集まっていた患者のギャラリーを解散させる。が、「せんせー」とギャラリーの中から声があがった。

「せんせーの恋の結果は、いつ教えてくれるんですか?」

良真と同じ年代なのだろう。男性からの質問に、良真は苦笑する。

「それは、ここでお話しすることじゃありません。俺の、プライベート!」

「これだけ気にさせたんだから責任取れよなー」

「うまくいったら、そのうちこっそりな」

今度は周囲から口笛だ。こんなに活気ある三階を見たのは初めてだった。老若男女問わず、生き生きとした表情で解散していく患者を見て、圧倒される。その感想を思わず口に出してしまうほど。

「すごい……」

「ですね」

答えてくれた本多の声に、芽衣子は慌てて彼女の表情を見た。興奮しているのか頬が赤くなっている。

「本多さん、大丈夫？」

「……一応、生きてます」

「よかった……。それにしても、イケメンって何するかわからない生物なのかな」

「というより、これがオトナの本気ってやつじゃないですか……？」

十七歳の発言に驚きつつ、妙に納得した。

「でも、カッコいいです」

それに続いた言葉と視線の先には、この騒ぎに駆けつけてきた新城に怒られている良真がいた。

「若宮さん」

「ん、なに？」

「私が倒れそうになったとき、各務先生が助けてくれたじゃないですか」

「うん。なんか、無駄に助けにくるのが速かった気がして驚いた」

「あのとき、各務先生、ずっと若宮さんのことを見ていたんですよ」

くすくすと笑いながら、自分で見た事実を告げてくる本多に、芽衣子は目を見開く。

「え」

「若宮さん、私の足元しか見てなかったから、きっと各務先生の視線に気づいてないんだろうなぁって思ってました。……案外、各務先生の想い人って若宮さんだったりして」

すごく楽しそうに微笑む本多に、芽衣子は「そんなことない」とただ首を横に振る。

そうして、ギャラリーが散らばっている間に、信号機トリオもその場からいなくなり、病室に戻るタイミングを逃した芽衣子と本多だけが残っていた。

「さ、加奈子ちゃんも病室に戻るよ」

新城に怒られていた良真が笑顔を向ける。それに対し、本多は笑顔を返し、芽衣子は赤面する顔を見られたくなくて俯いた。

「……芽衣子ちゃん、どうしたの？」

「なんでもありません！」

そう、答えるだけで精一杯だった。

頭の中で流れるのは、昨夜の良真の言葉と今の本多の言葉。情報処理能力が一時的に低下しているのか、本多を病室に送ったあとも良真と一緒にいることに気づけなかった。

「芽衣子ちゃん」

——我に返ったときには、ひんやりとした空気の流れる非常階段で良真と二人きりになっていた。

「なんで、各務先生が……?」

「ぼーっとしてるから心配で」

「そう、ですか。じゃあ、もう大丈夫なのでこれで」

「待って」

階段を下りようとした芽衣子を引きとめるように、手首を摑まれた。少し汗ばむ良真の手から緊張感が伝わってきて、心臓がばくばくと激しく音をたてる。

「なんでしょうか」

しかし、良真は何も答えない。

芽衣子は、これ以上そばにいて自分の鼓動が聞こえたら嫌だから、その手を振り払おうとした。

「なんでもないなら、もう行きます」

その瞬間。手を振り払った反動で、足を階段から踏み外してしまった。

「危ない!」

良真の叫ぶ声が耳に残り、落ちる身体を後ろからぎゅっと抱きしめられる。その腕は、とても熱い。手にしたファイルが落ちて階段の下でばらけているのが見えたが、正直、今はそれどころではなかった。

　抱きしめられた腕の中、触れ合うところからお互いの鼓動を感じる。まるで時間が止まってしまったように、動けなくなっていた。

「……あの」

「だめ」

　ぎゅっと抱きしめる腕の力を強める良真に、心臓もきゅっと摑まれたように痛い。

「もう少しだけ」

　ねだるような声は、肩に落ちる熱い吐息に消えた。いったいなんだと言うのだ。耳元で切なげに「芽衣子ちゃん」と名前を呼ばれると、どうしたらいいのかわからなくなる。

　抱きしめられているところから熱が巡るように、芽衣子の身体も熱くなっていく。

「ちょっと慣れないことをしたもんだから、芽衣子ちゃんに慰めてもらいたくて」

　良真が、芽衣子を離して開口一番に言った。

「いやー、慣れないことはするもんじゃないね」

「……各務先生？」

「芽衣子ちゃんの身体、やわらかくて気持ちいいね」

「は⁉」

「じゃあ、階段危ないから気をつけて下りるように」

いつもの調子でにへらと笑った良真は、鉄製のドアを開けて背中を向けた。芽衣子はしばらくその場から動けなかった。

巡るのは昨夜の良真の言葉と、本多の言葉。そして、さっき抱きしめられた腕の力強さ。身体に残る彼の体温が抱きしめられた事実を物語っている。

だめ。

自分の身体を抱きしめるように腕をまきつけて、芽衣子は必死に抑えた。この、口にしたくない感情を。溢れそうになる想いを。

だめ。

気づきたくない。そうだ。気づいたらダメだ。これを、この気持ちを認めてしまったら、芽衣子の望む日常はやってこない。せっかくここまでやってきたんだ。よけいなことをして、自分のよけいな感情で、幸せを手放すことはない。

でも。

「……す」

だめなものはだめ。

そう、警鐘《けいしょう》を鳴らすけれど、いつからか彼に囚われてしまった心は止まらない。灯された炎は揺らめくばかりで消えることがない。

しかし、それを認めたくない。

認めてしまったら最後、きっと——欲しくなる。

彼の目も、声も手も、すべて自分だけで満たしてしまいたくなる。

「き」

ゆっくりと吐き出した言葉を、芽衣子は聞かなかったことにした。だって、彼には本命がいる。その事実を知り、なおも求めるだけの覚悟が自分にはなかった。

切ない。自分の感情に気づいたときには、諦めなければいけないなんて。

第七話　やめてあげないよ？

槻野辺病院は、ひっそりと浮き足立っていた。

イケメン外科医・各務良真の『遊ばない宣言』が病院内にまたたくまに広がったからだ。

三階の入院患者は誰が良真の想い人なのかを予想し、良真の恋が実ることを期待して会話を楽しむ人が増えたようにみえる。高齢者の方々はそれをきっかけに、自分の恋愛話に花を咲かせ、それを若い子たちが興味深く聞いていた。そうして年齢の壁を越えた交流も増えた。それはそれでいいのだが、問題はスタッフだ。

良真を狙っていた独身女性スタッフたちは、もう遊んでもらえないと落胆するか、誰が相手なのかを探るか、水面下で情報収集を行っていた。なんというか、スタッフ内だけ空気が殺伐としているように感じられる。

芽衣子の所属する栄養部は既婚者が多く「私もあと十歳若かったら」などと、この状況を楽しんでいるぐらい平和だ。が、芽衣子だけは心穏やかではなかった。

あの日以来、信号機トリオからの風当たりが強い。正直言って、疲れる。唯一安心できたのは良真から変に構われなくなったことぐらいだ。この状況で誰か一人を構うのはよけいな嫉妬を煽るだけだというのを良真も知っているのか、いつものように仕事で接するだけにとどめてくれた。それは芽衣子だけではなく、他の女性スタッフにもそうだった。

当然と言えば当然だろう。本気だと思わせたい、本命がいるのだから。

「はぁ」

いろんなことを考えて、思わずため息がこぼれた。

「若宮ちゃん、……大丈夫？」

病棟を一緒に回っていた相葉の心配する声に、芽衣子は力なく笑った。一応、相葉と雛には事の顚末《てんまつ》というか、なぜか良真に庇われたのが原因で三人からの風当たりが強いということは伝えてある。実際の理由は本人たちから聞いてないためわからない。かといって、わざわざ知りたいとも思わなかった。

そんなことに時間を割くなら、仕事をしっかりしたい。

「まぁ、雛にもそれとなーく状況は伝えてあるんだし、あとは時間が経つか、各務先生の恋愛に決着がつけば風化していくでしょ」

確かにそのとおりだ。しかもありがたいことに、雛はこの間の休日以来、良真とのことを訊いてこない。その気遣いに雛の優しさが窺《うかが》えた。とはいえ、いずれ良真のことは話さなければいけないと思っている。雛からも『各務先生から、芽衣子ちゃんのことを何か訊かれるだろうなって思ってたんだけど、全然そんな話題出ないの』と首をかしげられた。

少なからず、巻き込んでしまった雛にだけは、この騒ぎが治まってからしっかり話をしておこうと、心に決めていた。

「それにしても、見事にどこの病室も各務先生の話題でいっぱいね」

「……はい」

「やっぱり若宮ちゃんもその話題？」

「もちろんですよー。同じ病室の他の患者さんにまで話しかけられるぐらいなんですから」

「私も一緒だった。それに若宮ちゃんはその場にいたしね、よけいにそのときの状況とか訊かれたでしょ」

患者が元気になるのはいいことだが、逆に元気を吸い取られているような気がして、芽衣子は力ない笑顔で返した。

「ま、人の噂も七十五日って言うじゃない」

「……そんなに待てませんよぉ」

「確かに七十五日は長いよねー」

あははは、と笑い飛ばした相葉につられて芽衣子も笑う。

「それじゃ、私はこのまま医局に行くからここで」

「私も各務先生に会いたくないのでここで！」

なによ、それ。と笑いながら背中を向ける相葉をナースステーションの前で見送る。

その様子をそっと見つめている信号機トリオの視線を背中に感じながら、芽衣子はいつものように鉄製のドアを開けて、非常階段を下りた。ひんやりとした空気が頬を撫でていく。その瞬間、急に温かいココアが飲みたくなった。

「……疲れてるのかなぁ」

これ以上考えてもよけいに疲れるため、考えるのをやめて一階に出る。生暖かい空気とともに鼻をかすめたのは、コーヒーの香りだった。さぁ、これからココアを飲もうかとカフェに向かったところで、芽衣子の足がぴたりと止まる。

そこに、良真と――見慣れた顔が談笑している姿を見かけた。

陽に透ける髪は明るく、丁寧に整えられている。目元も優しげで、いかにも好青年な雰囲気。身に着けているものはブランド品なのに、嫌みに感じさせない爽やかさ。

良真が妖艶な悪魔として喩《たと》えるなら、彼は天使に近い。年齢を考えればそこまでかわいげのあるものではないのだが、雰囲気だけなら、あながち間違いではないと思った。

「……なんで？」

どうして。なんで。どうして。それればかりが頭の中でぐるぐる回る。

「なんで、慎也《しんや》さんがここにいるの？」

菅原《すがわら》慎也は芽衣子が前の病院でお世話になった医師だ。そして、――芽衣子のモトカレでもある。

芽衣子は二人を見なかったことにして、現実から目を背けるように背中を向けた。

それでも現実は事実としてあるのに。

いくら事実を真後ろにしても、意味がないのはわかっていた。

激しく跳ねる心臓の鼓動で他には何も聞こえない。すぐに鉄製のドアを開けて非常階段の踊り場に出る。このひんやりとした空気が、困惑する芽衣子には心地よかった。

階段を地下に向かって下りながら、芽衣子の頭の中は混乱していた。モトカレの存在を目の前にして、前の職場のことが思い浮かぶ。正直、自然消滅を狙ってなんとなくの「さよなら」しかしてないから、職場を辞めたあとも何度か連絡がきていた。それを全部無視していたわけで。

（もし、ここにいるってバレたら……会いにくる⁉）

その可能性も否めなかった。しかも何が困るって、こんな厄介な状況で違う病院のそこそこカッコいい医師に言い寄られているところを信号機トリオに見られでもしたら――想像するだけで背筋がぞっとした。三人並んで壁の陰から芽衣子を見ていると思うと、軽くホラーだ。

「いやだ。だめ、そんなこと、絶対にだめ!!」

仕事をすればいいこともツライこともたくさんあるけれど、ここでならツライことも耐えていけると、そう思える職場に出会えたばかりだ。前の職場のようには絶対にしたくない。

雛や相葉の自分を見る目が変わることを想像しただけで泣きたくなる。ここに残れるならば、良真への恋心なんて好きなだけ捨てられる。

とうに失恋をした身だ。——そして、顔を上げた芽衣子は決心した。

★——★——★

お陽様の匂いに包まれたリネン室は、清潔な白に染められていた。そこで、仕事が終わった芽衣子は緊張の面持ちで人を待つ。そっと鉄製のドアが開けられた音に、自然と肩が跳ねた。大丈夫、大丈夫だと言い聞かせながら、芽衣子は振り返る。

「話があるって聞いたんだけど、何かな」

中に入ってきた良真の顔を見て、芽衣子はやっぱり好きだと改めて思う。同時に、本命とうまくいかなければいいのに、という汚い女の部分も顔を出してくる。信号機トリオのことを言えない自分を振り切るように首を振った芽衣子は、緊張でドキドキする心臓を落ち着かせるように、ぐっと胸元を押さえた。こうして職場で二人きりになると、どうやって接すればいいのかわからなくて緊張してしまう。

メイだったらそんなことはないのに。

そうは思っても、あれ以来メイとしても彼に会ってないのだから、きっともう覚えていないだろう。納得しているはずなのに、心が悲鳴をあげた。

「……芽衣子ちゃん？」

良真の声で我に返った芽衣子は、不思議そうに見つめる良真に笑って誤魔化す。

「なんでもないです」

「……なんでもないようには見えなかったんだけどな」

あまり、優しくしないでほしい。

無条件で向けられる優しさを断ち切るように、芽衣子は頭を下げた。

「仕事の合間に、時間を作っていただきありがとうございます」

「構わないよ。芽衣子ちゃんの頼みならね」

顔を上げて見た彼の表情が、なぜかさっきよりも硬いような気がするのは気のせいか。なんとなく慣れないことをしているというか、緊張しているような気がした。芽衣子は良真のいるドアのほうまで近づき、眉根を寄せた。

「……お仕事、忙しいんですか？」

「え？」

「顔色があまりよくないです……」

そっと良真の顔を見上げると、彼の表情に変化が見えた。硬かった表情がふっと和らぎ、安心したように微笑む。

「ん、大丈夫だよ。ありがとう」

「でも」

「ちょっと寝不足なだけだから、気にしないで」

「寝不足……？」

そこまで激務なのかと、良真の身体が心配になった。それが相手にも伝わったのか、良真は眉間にしわを寄せて困っていた。

「これ以上芽衣子ちゃんにそんな顔をされると、困るな」

「……」

「とにかく、俺のことはいいから本題に入ろうか。今は、芽衣子ちゃんのほうが大事」

「でも」

「あーあ、残念だなぁ」

急に会話を区切った良真が、わざとらしく声をあげたので驚く。

「その様子だと、甘いお話じゃなさそうだね」

「え？」

「こんなところに呼び出すから、告白でもしてくれるのかと思ってた」

一瞬、何を言われたのかわからなくて目が点になる。本命がいるのに、それでもまだ他の女性からの告白がほしいと言うのか。呆れてものも言えなかった。

「鳩が豆鉄砲を食った顔、似合うね」

口に手を当てて笑うのをこらえている良真に、芽衣子が冷ややかな視線を投げる。

「……からかってるんですか？」

「だから……、っ、かわいがってるだけだってば」

「本命のいる男性にかわいがられても嬉しくありませんから」

「そうなんだ」

「そうなんです。それに、本命がいらっしゃるからこうして気を遣ったんです！」

「それ、俺のためって聞こえるけど」

「……違いますよ」

これ以上つっこまれると、本命に嫉妬していることがバレてしまうかもしれない。芽衣子は話を変えるために口を開けた。この妙な空気を払拭するために。

「私にも、誤解させたくない人の一人や二人はいますから」

本当は三人と言いたかったのだが、信号機トリオの株を下げるのもかわいそうだと思い、言わなかった。

「へぇ」

芽衣子の発言に、空気が変わったのは良真のほうだ。口元に浮かんでいた笑みは消え、何かを見極めるように目を細める。その表情にどきっとするが、別に悪いことは何も言ってない。芽衣子は、ひと呼吸おいて話を続けた。

「……あの、ここじゃなくて奥で話してもいいですか?」

そう言って棚の裏、リネン室の奥に彼を誘う。しかし、良真はそこから動かなかった。

「なんで?」

いつもより怖い空気を出す良真に一瞬怯んだが、はっきりと理由を口にする。

「あまり人に聞かれたくない話なんです」

「じゃあ、芽衣子ちゃんが俺のところに来て、小声で話せばいい」

一変して雰囲気の違う良真に、戸惑ったのは芽衣子のほうだ。密室の中、一度身体を重ねた男が、誘うように言う。その言葉がいけにえを求めてる悪魔の声に聞こえたような気がした。

これ以上自分から近づいたら、とって食われる。

そう直感した。

「……いえ。あの、じゃあそのままで結構です」

忙しい仕事の合間に時間を割いてくれただけでもありがたいのに、わざわざ足を運んでくれたのだ。人に見られたくない芽衣子のわがままを聞いてもらっているため、さっさと話を終わらせるために本題を口にした。

「教えてほしいことがあります」

「なに」

良真はドアに背中を預けて寄りかかった。

「菅原先生のことです」

「……菅原？」

「はい。今日、一緒に話してました、よね……？」

「菅原って東雲《しののめ》大付属病院の？」

「はい」

正式名称は東雲大学医学部付属病院。芽衣子が以前勤めていた病院で、この槻野辺病院よりも規模が大きく医師を出向させるほどスタッフは豊富だ。

良真は菅原の名前を聞いた瞬間、さらに眉をひそめた。

「なんで芽衣子ちゃんが菅原を知ってるの？」

「……以前勤めていた病院で、お世話になった方なので」

「へぇ」

なんとなく、また良真の雰囲気が冷たくなった気がする。それでも芽衣子は自分の生活のために怯まなかった。

「それで、菅原先生なんですけど、どうして今日は槻野辺に来ていたんですか？」

「……さぁ」

興味なさそうに答える良真に、芽衣子はさらに食いついた。

「出向でしょうか？　内科の医師が足りないって伺いました」

「どうだろうね」

「っ、もし菅原先生が出向だったら、せめて勤務時間だけでもいいので教えてくれませんか？」

「なんで外科の俺が知ってるの？」

「知り合いじゃないんですか？」

「さぁね」

のれんに腕押しとはまさにこのことだ。のらりくらりと返事をする良真に苛立ちが募る。もう少しまじめに答えてくれたっていいじゃないか。

「各務先生！」

語気を強めた芽衣子に、良真はため息をついた。

「あのね、そんなに菅原に興味があるなら、どうして今日見かけたときに直接声をかけなかったんだよ。前の病院でお世話になってたんだろ？」

「……それができないから、各務先生に訊いてるんじゃないですか」

「できないの意味がわからない」

はぁ、と吐き出したため息で区切った良真は、不機嫌な様子で芽衣子の目を見て言う。

「悪いけど、そんなつまらないことなら俺はもう仕事に戻るよ」

自分勝手も甚だしいと思ったけれど、〝つまらないこと〟だと一蹴されて腹が立った。

「……です」

「は？」

「大事なことなんです」

「芽衣子ちゃんにとって大事でも、俺にとっては非常にどうでもいいことだ」

良真に構われることで、芽衣子は少なからず迷惑を被っている。その状況を棚に上げて話も聞いてくれないなんて、と自分勝手な思いがわきあがった。これはただの八つ当たりだってわかってる。わかっているからこそ、握るこぶしに力が入った。爪が少しだけ手のひらに食い込んだが、痛みは感じない。それよりも自分の身勝手な思いに辟易《へきえき》した。

今の状況は彼のせいでもなんでもない。芽衣子がちゃんと菅原に別れを告げなかったのが原因なのだ、と。

「……わかりました」

「全然納得してないって顔だけど、本当にいいの？」

「はい。各務先生がおっしゃることは正論です。これは、私が自分でどうにかすべき問題なので、関係のない先生に頼ることは間違ってました」

「……へぇ」

感情の見えない目を細める。その表情だけで、怒っていることは窺えた。もうこれ以上話をしても無駄だと思い、早々に話を切りあげる。

「お忙しいところ引きとめてしまい、申し訳ありませんでした」

深く頭を下げて、これで話を終わらせることを態度で示す。これ以上、こんな妙な雰囲気の中で良真と一緒にいるのはまずい。

「失礼します」

顔を上げても良真と目を合わそうとはせず、芽衣子は彼の寄りかかるドアに向かおうとした。しかし、彼はそこから退こうとしない。焦る気持ちに、緊張する心。

「……あの、退いて、……もらえます、か？」

彼からの明らかに不機嫌なため息も、身体を強ばらせる理由になった。

「俺の心配をしたと思ったら、誤解させたくない人がいるとか言うし、本題の呼び出した理由は菅原のこと」

じりじりと近づいてくる良真に、一定の距離を保ちながら、芽衣子は後ずさる。怖い。何か感情をぶつけられているだろうことはわかったが、それが何かはわからなかった。怒りとも知れない、複雑な思いが良真の顔を無表情に見せていた。

「挙句の果てには、関係ないだと？」

「か、各務せんせ――」

「ふざけんな」

「きゃっ」

逃げる芽衣子の手首を摑んだ良真は、力任せに引っ張りリネン室の奥へ向かった。そして次の瞬間、視界がぐるりと回る。怖くて思わず目をつむる。背中の冷たい感触で壁に押しつけられたことを知り、恐る恐る目を開けると、至近距離に良真がいた。

「そう簡単に逃がすと思ったの？」

無表情でつぶやいた良真に、恐怖を感じる。

誰もいないリネン室。鍵を閉めてないのでいつ誰がくるかしれない。中では男女が二人きり。壁に押しつけられた自分と、逃がさないと立ちはだかる良真に、嫌な予感しかしなかった。

「……各務、せんせ？」

彼の無表情を前にして、身体が動かない。

「……いい顔で怯えてる」

指の背でゆっくりと頬を撫でてくる良真に、芽衣子は震える声で懇願した。

「はな、して……ください」

「は？」

「いたっ」

強く摑まれていた右手首を頭の上で押さえつけられて、痛みに思わず声が出た。

「俺が、逃がさないって言ってるんだから、……黙って言うとおりにすればいいんだよ」

冷たい目に射貫かれる。冷笑を浮かべた良真は、次の瞬間芽衣子の首筋に嚙みついてきた。

「あっ」

軽く歯を立てられ首がすくむ。それでも強引に首筋にくちづけを繰り返す良真に、芽衣子の背中がのけぞった。

「あ、やっ、……なにっ、するんですかっ」

舌先でつつつ、と首を舐め上げた良真が、肌に唇をつけたまま囁く。

「いやらしいこと」

「やめてくださいっ」

「無理。ちょうど女が欲しいと思ってたところだったから」

そんな理由で抱かれるのなんて、いくら好きな人とはいえ嫌だ。舌先が顎のほうに上がってくると同時に、背筋にぞくぞくとしたものが駆け上がった。

「んっ」

じわじわやってくる快感から、逃げるように目をつむる。しかし、彼はまるで目を開けろと言わんばかりに目元を舐めるので、ゆっくりとまぶたを押し上げた。

何かをこらえるような瞳とかち合う。その奥に、どうしようもない想いを抱えているような気がして、芽衣子は思わず彼の名前を唇に乗せていた。

「かがみ……、せん、せ？」

「そんな声出してもだぁめ。やめるなんて優しいことはしないよ」

そうして見せたのは悪魔の笑顔。ぐっと近づく唇がキスでもするのかと思いきや、寸前で止まる。もう少しで唇が触れるところまで近づいて、吐息さえもぶつかる距離にいるのに、時間が止まったように動かない。

ぴたりと止まった唇、見つめた瞳は揺らめき、彼は何かから逃げるように目を閉じた。切なげに寄せられた眉に、心臓がきゅっと掴まれる。何か話しかけようと口を開けたのだが、彼の目が開く。

そこには、なんのためらいもない、悪魔の瞳があった。

もう逃げられない。いや、逃がしてもらえない。その証拠に、彼は微笑んだ。魅惑的に、淫猥に。捕らえた羊をどう料理しようかと品定めするように。

「こんな男に捕まって、ばかな女」

良真は自嘲的な笑みを浮かべて、首に唇を寄せた。肌を噛み、痛いぐらいきつく吸われる。首筋に痕《あと》が残ったら〝いかにも〟なことを邪推されるだろう。やめてほしいと声に出そうと口を開けたところで、黙れと言うように良真の指が口の中に入ってきた。

「ふぅっ」

指二本で挟むように舌を捕まえられ、舌の上を指が撫でる。指の動きすべてが舌で感じられて、キスをされているような気分になった。声は言葉にならないし、良真が首筋に与える刺激も強くなる。徐々に下りていく唇が鎖骨まで届いた。

「ふ……、うぅんっ」

「いい声でなけんじゃん」

満足した様子で唇を離した良真は、芽衣子の口の中から指を引き抜いてくれた。うまく呼吸ができなかったこともあり、たくさんの空気を吸い込む。が、ほっとする暇を与えることなく、良真は芽衣子の胸を掴むように揉みあげた。

「ひゃ、あっ」

声をあげた芽衣子に対し、良真は「聞こえるよ」と楽しそうに言う。手をどけてほしい。と思うものの、下から持ち上げるように胸を揉む良真の手は、とても気持ちよかった。

「んっ、……んんっ、はぁ」

　摑まれたときは若干の痛みが走ったが、快感を引き出すように、ゆっくりとこねるように揉まれた。円を描くように手を動かされ、胸の頂を親指が何度もかすめる。服越しに与えられる愛撫なのに、丹念に揉まれるせいか、激しい愛撫よりも快感を与えられた。

「あ……あぁ」

「そうそう、声抑えないと誰かに聞かれちゃうかもしれないからね」

　そう言っているにもかかわらず、きゅむっと勃ち上がった胸の頂を良真がつまむ。

「んっ、ぁっ」

　言ってることとやってることがまったく違う行動に、芽衣子は視線で抗議した。が、良真は芽衣子の感じている様子を嬉しそうに眺めているだけで、何も応えてはくれなかった。やめて、と言うことすら許してもらえない。

「ほら、もうたってる」

　指先でくりくりと、服の上から胸の頂を責めてくる。艶やかに響く良真の声に、芽衣子の思考も蕩け始めてきた。じれったい快感に、吐息が次第に甘くなっていく。

「つはぁ……、あ、も、……やめっ、やめて、くださっ」

「無理だってさっき言っただろ」

　かりかりと爪でかじるように乳首を責められると、もう声が抑えられなかった。自由になっている左手で口を覆って、どうにか声がでるのをしのぐ。それが芽衣子にできる精一杯だった。

「んんっ」

「もう、抵抗する力も出ないだろ」

良真は頭の上で固定していた芽衣子の右手を下ろして解放する。力が抜けて、だらりとぶら下がる腕は血が巡り始めたのか、じんじんした。荒く呼吸している芽衣子を眺めた良真が、唇を舐めたのが見える。

「やめ……、かがみせんせ」

吐息混じりに懇願する芽衣子に、ふっと微笑む良真。やめるわけないだろ。そう聞こえた気がした。良真は芽衣子のしゃれっけも何もない無地のカットソーをめくりあげる。すぐにブラジャーのカップを下げられた。さらけ出された素肌にひんやりとした空気が触れて、初めて自分の身体が熱を持っていることを知る。

「見ないで」

「いや」

「ど」

「どうして？　そんなの腹が立ってるからに決まってんだろ」

「な」

「なんで、なんて訊かないでね。君は俺だけに感じてればいいんだから」

独占欲丸出しの発言と一緒に与えられたのは、硬く勃ち上がっている乳首への甘い快感だった。

「あっ、……っんぅ」

口の中に含まれた乳首を、良真がいたぶるように舌先で転がしてくる。咄嗟に口を手で押さえてよかった。舌で搦め捕って弄ばれる。そのたびに硬くなる乳首を彼はおいしそうにちゅくちゅくと吸いついて蹂躙《じゅうりん》した。

甘い責め苦は芽衣子の思考を蕩けさせ、視界をも歪ませる。理性なんてどこかに飛んでいってしまう。だから、良真が愛撫の合間に言っている言葉など聞いていなかった。

「芽衣子ちゃんは他の人への配慮はあるのに、告白した男への配慮が足りないよね」

指先でくりくりといじられている乳首が痛いほど硬くなる。

「そん、な、強くしちゃ……っあぁ」

そして芽衣子のジーンズに良真の手が伸びる。

「あ、やぁっ、だ、めぇっ」

ジーンズのボタンを外した良真の手が、そんなこと知ったことかと、無遠慮に芽衣子の下着の中に手を入れてきた。

「ひゃっ」

割れ目をなぞる手が、色づき始めた花芽をころころと転がす。

「あっ……んんぅっ」

はしたない声があがる前に、咄嗟に良真の背中に縋りつき、その肩に口を押しつけた。彼の身体は服越しだというのに、とても熱い。その吐息も、手つきも、身体も、すべてが熱かった。

「あ、あっ、……あぁっ」

下からずぷずぷと潤った蜜壺に入ってくる指の感触に、目の前がチカチカする。

「ほら、すんなり入った」

嬉しそうに指を動かしてナカをかき回してくるので、言葉が声にならず喘ぎ声に変わった。それをさらに煽るように良真は乳首を口に含んでくる。一番感じる部分を同時に責めたてられて、気づけば快楽がすぐそばまできていた。

「こんなことなら、あのとき逃がすんじゃなかったよ」

乳首を咥えながらの言葉はほとんど耳に届かず、自分の吐息でかき消された。がくがくと震える膝《ひざ》。一人じゃ立っていられなくて縋りつくだけで精一杯だった。

「ああ、きゅぅって締めつけ始めたね」

「あ、……っはぁ、やぁっ、ん」

「そろそろイキそうなんだろ？」

「ち、が……っあぁ、……ん、んっ」

「ココをかき回されるの、好きなくせに」

「え、……っ、え、えっ⁉」

激しくナカをかき回され、強弱をつけて乳首を何度もつまんできた。

「ねぇ、メイ？」

楽しげに微笑む表情は、悪魔のそれにとてもよく似ている。

「あぁっ」

意識が朦朧《もうろう》としてそろそろ絶頂が見えてくるころだ。どんなに我慢をしたとしても、快楽には勝てない。

（やっ……、も、だめぇっ）

断続的に与えられる快楽に、すべてを投げ出そうとした。瞬間。


――着信音がリネン室に鳴り響く。


ぴたりと止まる行動に、良真はすぐさま芽衣子のナカから指を引き抜いた。蜜にまみれた指はそのままに、背を向けて内線電話を白衣のポケットから取り出す。

「各務です」

真剣な表情はあのとき見せたものだった。話を続ける良真を前に、芽衣子は一人で立っていることができず、壁を伝ってずるずると腰を下ろした。燻る身体を渦巻く快楽に、気分がおかしくなりそうだ。あともうちょっとで絶頂を迎える一歩手前で行為を中断され、芽衣子の身体は燃えるように熱くなっていた。

「……っはぁ」

荒い呼吸を必死に整えようとする。が、意に反して快楽に侵された身体は「もっと」と疼《うず》いていた。さらに快感を求めるように何かが蠢《うごめ》いている。

「──わかりました。すぐに戻ります」

電話が終わったのか、振り返った良真の表情は何も語らない。

しばらくして、はぁという大きなため息が聞こえた。芽衣子がぼんやり見上げると、良真は髪の毛をそっとかき上げる。

「残念、仕事だ」

ちっとも残念そうなそぶりを見せることなく、良真は息を整えている芽衣子に視線を合わせるようにしゃがみこんだ。

「……ちゃんと落ち着いてから出て行けよ。そんな顔で人前に出たら、何したのか一発でバレる」

芽衣子の頰にそっと手を這わせた良真は「じゃ」と告げてリネン室から出て行った。

「……誰が、こんな顔に、……したのよ」

閉じられたドアの音にかぶせるようにつぶやく。

半分脱がされた状況を視認した芽衣子は、ゆっくり自分の服を整えた。全然治まらない熱は肌に触れるだけで粟立《あわだ》つ。静かなリネン室の中で服を整える衣擦れの音だけが響いていた。そして、いつの間に取られたのか、足元に転がっている赤縁眼鏡を見つける。

（……あ、めがね……）

手にした眼鏡を見下ろしながら、早くここから出て行こう。そう思って眼鏡をかけるが、どういうわけか視界がぼんやりしたまま元に戻らない。そうだ、これは伊達《だて》眼鏡だった。そんなこともわからなくなるほど動揺しているなんて。

「……あれ？」

頬を流れる生温かなそれに触れた。次から次へと溢れる涙に、視界が歪んで見えたのは、自分が泣いているせいだと気づく。

「どうして……？」

泣きたいわけじゃないのに、涙が出てきた。

モトカレと別れても出てこなかったのに、どうしてこんなタイミングで流れるのだろう。

溢れる涙は想いなのか、それすらもわからなかった。

「……だめ」

ここで泣いてたらだめだ。早く帰らないと。
目からこぼれる涙を強引に服の袖で拭って、洟《はな》をすする。こんな状態の自分を見られでもしたら大変だ。よろよろとその場に立ち上がり自分の鞄を持った芽衣子は、リネン室のドアから人がいないことを確認して、廊下に足を踏み出した。

――その様子を、物陰からそっと見ていた人物がいることなど知らずに。

第八話　誰を、いじめているの？

視線を、感じる。

出勤して栄養部の自分のデスクにくるまでは平穏だったのだが、相葉と一緒に病棟に出てから痛いほどの視線を感じた。

誰かに見られてる？

（……そんなばかかな）

いつものように視線をちらりと背後に移せば、信号機トリオからの視線があったので、きっと原因はそれだと思うことにする。とはいえ、その信号機トリオの視線もなんというか、いつもと違って冷たいというか、険があるというか。

すれ違う看護師の態度もなぜかよそよそしかった。

「……若宮さん？」

かわいらしい声に呼ばれ、我に返る。そうだ、仕事中だった。気持ちを引き締めた芽衣子は、心配そうに見上げる本多に笑顔を向けた。

「ごめんね。ちょっと考え事してた」

「なんだか、元気がないですよ……？」

言いにくそうにつぶやく本多に、苦笑が漏れる。

「うーん。最近、あんまりいいことがなくって」

子どもだからとか、患者だからとか、そういうことを理由に誤魔化すのが嫌だったので正直に答えた。

「いいこと、ですか」

「うん。そうなの。仕事中にプライベート持ち出したらだめよね。職務怠慢だと思われちゃう」

「そんなことないですよ！」

それに。そう続けた本多の声が、少し落ちる。囁くように、芽衣子のほうへ顔を寄せてきた。

「今朝は、ここの看護師さんたちもなんだか殺気立ってるっていうか、なんかいつもと違うっていうか……、落ち込む、みたいなことを話してる人もいました」

だから、同じ理由なのかなって。落ちた言葉は、本多なりの優しさだった。かわいい気遣いに心がじんわり温かくなった芽衣子は、ありがとうと告げる。

「そんな、いつも、……その、温かく声をかけてもらえて、私も、嬉しいですから」

頬を染めて照れる本多に愛しさがわいた。そう言ってもらえるのはとても嬉しいことだ。

そのやりとりを見ていた隣のベッドの人からは「若宮さんは元気があるものね」と言ってもらえて、今度は芽衣子が赤面する。

「そんな、ことは、その」

「ご謙遜をー。しっかり気配り目配りしてくれるものだから、私たちも楽しく入院生活を送れるんですよ」

「いつも話しかけてくれて、ありがとう」

今度は田中から声が飛んできた。温かい雰囲気の病室に包まれて、芽衣子は自然と目頭が熱くなる。鼻の奥がツーンとして、泣くまいとこらえた。

やっぱりステキな病院だ。

改めて、この病院でもっと仕事がしたいと思った。

「……至らないところも多いのに、もったいないお言葉です。ありがとうございます」

深々と、病室内に向けて頭を下げると「いやだ、なにしんみりしてるの」と温かい言葉を病室にいる人たちからもらった。頭を上げて微笑むと、なんと最近の噂の的である良真が目の前に立っていた。

「あれ、芽衣子ちゃんどうしたの?」

病室内の雰囲気はがらりと変わった。件の医師がいるだけあって、周りにいる患者はどうやって良真に話しかけようかうずうずしている。

「なんだか、元気がないみたいなんです」

「本多さん!?」

思わず振り返って本多を見るが、彼女は真剣に続けた。

「各務先生は、落ち込んだ時どうやって元気になりますか?」

本多の問いかけに、良真は少し困ったように眉根を寄せる。

「そうだなぁ。俺の場合は、……好きな人の笑顔を見ると、元気になるよ」

興味津々といった様子で、良真の発言に耳を傾けていた患者たちからどよめきの声があがった。一斉に病室に花が咲き乱れたような笑顔に、芽衣子はイケメンパワーおそるべし、なんて思う。

「好きな人……、ですか」

「そうだね。加奈子ちゃんは、好きな人いないの?」

「……まだ、そう呼べる人はいないと思います」

ぎゅっとベッドの上で赤本を握り締める本多に、良真はとても優しい声で続けた。

「それじゃあ、早めに人を愛する気持ちを知ることをお勧めするよ」

「うん。俺みたいに、本当に好きだと思ったときに、手遅れになってたらどうしようもないから」

「早めに、ですか……？」

それはこちらのセリフだ。

そうは思っても何も言えない。思うだけならタダだ。

寂しげな良真の声に、芽衣子もそんな反論を心の中でする。

「……各務先生は、もう手遅れなんですか？」

「そうかもしれないね」

「若宮さんは、どう思いますか？」

「えっ!?」

急に話を振られて頭の中が真っ白になった。どうしてここでこっちに話を振るのか、本多の意図が読めなくて困惑する。しかし、彼女の表情は真剣で、本当に良真の気持ちをどうにかしてやりたいと思っているように見えたので、芽衣子も自分の気持ちを素直に言葉にした。

この話に自分は関係ないのだから、何を言っても大丈夫なはずだ。

「……手遅れとか、そういうのないと思います」

「え？」

訊き返したのは、良真だ。芽衣子は彼の顔を見上げて、毅然《きぜん》とした態度で答える。

「各務先生は、ちゃんと相手の方に告白したんですか？　はっきり言わないとわからない女性だっていますし、そもそも言葉にも出してないのに想いが届くとは思えません」

「……なるほど」

「相手の方がどんな女性か知りませんけど、そんなに本気だったらどどーんとぶつかってみたらどうでしょうか」

「……ぶつかって玉砕したら、芽衣子ちゃん慰めてくれる？」

「そんなの知りませんよ。それに、そういうの卒業したんじゃないんですか？」

「手厳しいなー」

「昨日、ひどいことをした腹いせです」

「……ひどい、こと？」

つい、ぽろっと出てしまった言葉を拾い上げたのは、他でもない本多だ。首をかしげる本多に向かって、芽衣子は慌てて弁解した。

「あ、あのね、各務先生って、いつも私のことをからかうの。だから、その積み重ねって意味。ね、各務先生！」

「……そうだね。いつもごめん」

寂しげに笑った良真が、芽衣子の頭をぽんぽんと軽く叩く。それからくるりと振り返って、病室を見回した。

「さて、みなさん。リハビリある人はリハビリ室行って、お見舞い来てる人はそっち放置しない！」

良真の声に患者からは口々に「はぁーい」「あーあ、もうちょっと切り込んでくれれば」などの声が漏れる。残念そうにリハビリ室に向かう人も見かけた。

芽衣子もそろそろ仕事に戻らなければいけない時間だ。モニタリングも終わったし、電子カルテへの入力が待っている。

「若宮さん」

仕事に戻るべくイスから立ち上がった芽衣子を呼び止める声に足が止まる。すぐに本多のほうに顔を向けると、彼女は申し訳なさそうに言った。

「……あの、なんかよけいなお世話してたら、ごめんなさい」

「あー、いいのいいの。気にしないで」

正直、昨日の今日でどんな顔をして会えばいいのか少し悩んでいた。こうして話してみて彼の様子もわかったことだし、仕事中は普通に会話ができることもわかったので、結果オーライ、とでも言うべきか。とりあえず昨日のことは忘れよう。気にしたからといってどうにかなるわけでもない。そう結論づける。

「それじゃ、またね。何かあったら気軽に声かけて」

まだ少し不安の残る顔の本多に、大丈夫と伝えるように笑顔を向けて、芽衣子は病室をあとにした。

「……はぁ」

正直、自分でもこの気持ちをどう整理したらいいのかわからない。

昨日も帰ってから、結局いつもどおりの生活をしていた。考えることもなく、ただ呆然としていたら時間がすぎて、なんの心構えもなしに出勤してしまったことは確かだ。昨日のことを怒っているのかと訊かれれば、わからないと答える。無理やり気持ちのない触れ合いをしただけのことだ。それを人は「ひどい」と言うかもしれない。けれど、芽衣子はその触れ合いの中でも彼を見た。

切なげに瞳を伏せる彼の苦悩を、行為の端々に感じていた。

いったい、何があったのだろう。

心配になる心をよそに、芽衣子はこれ以上良真を好きにならないよう、気持ちを必死にとどめる。これ以上の想いは危険だ。自分の身を滅ぼしかねない。それに、この気持ちは本命のいる彼の迷惑になることはわかっていた。

「芽衣子ちゃん」

いつものように非常階段を下りていた芽衣子を呼び止める声に、驚いて足を止める。

「……なんでしょうか」

動揺していることを悟られないよう、気持ちを落ち着けて振り返ると、階段の上にいる良真が神妙な顔をして立っていた。

「悪かった」

開口一番に謝罪がくるとは思わず、目を丸くする。

「昨日のこと」

「……………気の迷い、ってことにしといてあげます。だから、気にしないでください」

それだけ言い残して踵を返した。その背を追いかけるように、再び声をかけられる。

「それだけじゃ俺の気持ちがおさまらない」

「謝罪なら、今いただきましたよ。それでいいじゃないですか」

「いやだ。ちゃんと、……ちゃんとしたいんだ」

そんなことを言われても困る。こちらは良真の迷惑にならないように忘れようとしているのだから。想いが残るようなことをしないでほしい。

「困ります」

正直に言うと、たんたんと階段を下りる音が背後で聞こえた。

「芽衣子ちゃんと、話がしたい」

真剣な声で乞われたらどうしたらいいかわからなくなる。

できれば、何もかもすべて話して、その上で告白したい。好きな人がいるってわかっていても、この想いが迷惑だとわかっていても、好きだという気持ちに変わりはなかった。

メイも、芽衣子も同じ人間だと嘘をついたことを謝ってフラれて、少しぎくしゃくしながらも、一緒に仕事がしたかった。最初はツライと思う。でも、好きな人と同じ職場で仕事ができるだけで幸せだ。その中で、彼への気持ちが風化したころにでも新しい恋愛に出会いたい。

でもそんなのは、自己満足だ。

それに今の状況を考えれば、自分の言葉でぶつかるなんてことは許されない。この状況で周りに疑われることをしたらと思うと、過去の経験がそれを阻む。今の状況だけでもだいぶややこしいのに、さらに自分で状況をこじらせることもない。

この、職場が好きだから。

ずっとココで働いていたいから。

大好きな彼に、迷惑をかけたくないから。

「私には」

だから、こう答えるしかなかった。

「話すことがありません」

「芽衣子ちゃん」

「各務先生がしたことで、今、独身女性スタッフが殺伐としています。そんな中で、各務先生と二人きりで会って、よけいな誤解を招きたくありません。それに、各務先生には本命がいらっしゃるじゃないですか。私より、その方のことを考えてください」

「でも俺は」

「ごめんなさい。仕事があるので、失礼します」

振り返って彼の顔を見ずに頭を下げる。それから踵を返して、駆けるように階段を下りていった。そうすることでしか、芽衣子はその場から立ち去れなかった。

★——★——★

「それじゃ、お先に失礼します！」

自席から立ち上がった芽衣子に、隣に座っていた相葉が驚いたような視線を向ける。

「若宮ちゃん早いね」

「ちょっと今日は急いでるんです」

「あら珍しい。用事でもあるの？」

「……というわけでもないんですが、その」

もごもごと言葉を濁していると、何かを察した相葉が「はいはい」と言う。

「背後には気をつけてね」

「……ありがとうございます！」

「捕まりそうになったら、ダッシュで逃げるのよ」

「はい」

「女の嫉妬に負けるなー」

ひらひらと手を振ってディスプレイに視線を移した相葉に丁寧に頭を下げて、栄養部を出た。相葉も看護師の態度が気になっていたらしく、それとなく状況を理解したのか、仕事中も気遣ってくれた。そろそろ、相葉のサポートをする側になりたいと思うのに、なかなかそうもいかず、申し訳ない気持ちになる。

ありがたいことに明日からは久々の二連休だ。気持ちをリフレッシュして、休み明けはしっかり相葉のサポートに回れるようになっていたい。気持ちの面も含めて。

（うん、がんばらなくちゃ）

そうして自分に活を入れる。その直後。

「ふきゃっ」

俯いて歩いていた芽衣子が顔を上げた瞬間、立ち止まっている白衣にぶつかった。

「え、あっ、すみませんっ」

そんなに思いきりぶつからなかったので転ぶまでいかなかったが、たぶん鼻の頭は赤くなっているだろう。

「大丈夫です。私のほうこそごめんなさい。ぼーっとしてて」

鼻の頭をさすりながら、芽衣子はこちらに振り返った白衣の男を見上げた。

「っ⁉」

その男は、彼女にとって一番会いたくない人間――菅原慎也だった。

「あ、鼻ぶつけた……？」

目を丸くしている芽衣子に、菅原が心配そうな表情で訊ねる。芽衣子は、大丈夫だと伝えるように、首を何度も横に振った。

「鼻血とか出てないかな……」

「出てないです、大丈夫です」

「でも、ちゃんと見ないと……って、あれ？　君、どこかで……？」

嫌な予感しかしないため、芽衣子は会話を切るために頭を下げた。

「ご心配いただき恐縮です。それでは、失礼します！」

頭を上げても菅原に自分の顔を見られないよう、素早く背中を向けてその場を離れた。

「……やばい、やばいやばいやばいやばいやばい」

バレでもしたらどうしよう。振り返ることすら怖くて、芽衣子は女子更衣室に足早に向かった。ひんやりとした更衣室は誰もいない。ほっと胸をなでおろして、素早く帰る支度をしていく。

芽衣子の業務が終了する時間は、看護師の日勤と準夜勤が交替する時間をすぎている。そのため、残業など業務をしていなければ、この時間帯の更衣室には栄養部の人間しかいないはずだった。

（誰も残業してませんように！）

特に三階勤務の看護師は。心の中で付け足して、手早く着替えた芽衣子は荷物を持って更衣室からそっと顔を出した。

（誰もいない……、よね）

ドアを開け、廊下の様子を窺う。誰もいないことを確認して足早に職員通用口へと向かった。あそこから出れば、心安らかな休日が迎えられる。期待に胸膨らませた芽衣子を待っていたのは――。

「芽衣子」

輝かしい休日ではなく、現実だった。しかも、残酷なほど面倒な。

「!?」

廊下を通り過ぎる途中、更衣室の廊下と突き当たる別の通路があるのだが、そこに人影が見えた気がした。恐る恐る振り返ると、壁に寄りかかっていた菅原が芽衣子に向かって静かに歩いてくる。

芽衣子はひとつ呼吸を置いて、口を開いた。

「ここ、関係者以外立ち入り禁止なんだけど」

「俺も関係者だよ」

ひらひらとＩＤカードを見せつけた菅原に、臍《ほぞ》を噛んだ。やはりそうか。

「期間限定の、だけどね」

出向している医師にはちょっと違うカードが渡されていて、彼はそれを首からぶら下げていた。先ほどぶつかったときにそこまでちゃんと見ていればよかった。と、後悔をしても後の祭りだ。非常勤医師でも、しっかり男子更衣室は使えることになっていた。

頭を抱えるように息を吐き出した芽衣子に、菅原は嬉しそうに顔を綻ばせる。

「会いたかった」

「私は、会いたくなかった。メールでもそう伝えたはずよ」

会いたくない。そうメールにも打った。けれど、それを信じてくれなかったのは菅原のほうだ。

「でも俺は納得してない。……別れたくなかった」

芽衣子も少なからず、そう思っていた。けれど、環境がそれを許さなかった。彼との付き合いでさえも咎められるような気がして、結局環境に負けてしまったのは芽衣子のほうだ。それを説明するには時間も経っているし、芽衣子の気持ちは冷めている。結論として別れるのなら、そんな説明は不要だ。

「……ごめん、私、急いでるから」

申し訳ないと思ったけれど、無理に話を断ち切って背中を向ける。けれど、彼はそう簡単に離してくれなかった。後ろから肩を摑まれて、それ以上先には進めない。出口まであともうちょっとだというのに。

「離して」

「いやだ」

「離してってば！」

「好きなんだよ!!」

芽衣子の心のように冷めた廊下で、菅原の熱い叫びが響き渡る。しかし、その想いは心にちっとも響かなかった。

「……なんとなく別れを切り出された次の日にはもう病院を辞めてるし、話がしたいって何度メールしても返事をしてくれなかった。電話だって……、出てくれなかったじゃないか」

「……」

「そんな状態で、俺が納得すると思うか……？」

切なげに吐き出された言葉に、返事ができない。ひどいかもしれないが、その時点で芽衣子の気持ちはすっかり切り替わっていたのだ。何も言うことができない。

「……なぁ、芽衣子」

「私が話すことはありません。別れたかったから、さよならってメールしたの、それだけよ」

「別れの理由を、俺は知らない」

誰のせいでこうなったと思っているのだ。腹の底からわきあがる激情に、芽衣子もとうとう後ろを振り返って菅原を見上げる。悔しさで作った握りこぶしは、ふるふると震えていた。

「……自分の胸に手を当てて考えてみたらどう？」

感情的にならないよう、必死にこらえるがどうしても声は震えた。だめだ。我慢しろ。命令する心と裏腹に、言葉は滑るように口から出て行く。

「あのときの、あの状況であなたが取った行動が原因よ。みんなのやっかみの中心になった私を、あなたは庇った」

「それのどこが悪いんだ。彼女を守るのは当然だろ」

「その安っぽい正義感が、周りの嫉妬をさらにひどくさせたのよ！」

芽衣子自身にも悪いところはあったのだと思う。もっと周りの気持ちを考えて行動すればよかったとさえ、今になって思う。慎重に動けばよかったのに、あのときの自分は、少なからず舞い上がっていた。

病院内でカッコいいと言われる出世頭の医師を彼氏に持ち、しかも若くてカッコいい別の医師からも声をかけられて、有頂天にならない女はいない。あとで冷静に考えてみれば、自分の態度にも非があるのは当然だ。あれはきっと、なるべくしてなったことだ。

傲慢《ごうまん》。それが、正しい判断ができなくなっていた理由だ。

「……みんなに対する、私の態度も悪かったわ。だから、仕事を辞めた原因はあなただけじゃない。私も悪かったの」

「仕事と俺との付き合いは関係ないじゃないか」

「でも私は、職場の人に嫉妬されて、嫌がらせを受けながらあなたと付き合えるほど強くないの。それに」

そこに続く言葉を言うのに、芽衣子は逡巡する。けれど、伝えなければいけない。残酷だとわかっていても、今この場で彼に自分を諦めてもらうには、必要なことだと思った。

「そこまで、あなたのことを好きじゃなかった」

しっかりと菅原の目を見据えて、芽衣子は静かにはっきりと気持ちを吐き出す。

菅原の顔が少なからず動揺を露わにした。芽衣子の心ももちろん痛い。そこで、心を痛めるほどには好きだった自分に、ほっとする。

「でも芽衣子、俺は――」

「あら、あらあらあらあら」

「何をしているのかと思えば」

「ていうか、若宮さんじゃありません？」

急に声を差し挟んできたのは、信号機トリオだった。相変わらず、三人揃わないと話もできない彼女たちの声に、芽衣子は唖然とする。ああ、さらにややこしいことになる。そう、直感が告げていた。

「……えーっと、君たちは、その？」

突然の登場に困惑する菅原が、信号機トリオに向かって戸惑いを見せる。そんな彼に目を輝かせて頬を染めたのは、もちろん、頬と同じ色をした赤だった。

「あなたは東雲大付属病院にいらっしゃる菅原先生じゃありませんか⁉」

「あのイケメンと噂の⁉」

「本当にイケメンだ！　カッコいいですね！」

相変わらずイケメンには食いつきが違う信号機トリオに、芽衣子は乾いた笑みを浮かべた。菅原も表面上はそれなりに相手をする。

「それは言いすぎだし、褒めすぎですよ。俺はただの医師ですから」

菅原の爽やかな態度に、三人の表情が恍惚《こうこつ》となった。この隙をついて、芽衣子はこの場から立ち去ろうと黙って後ずさる。

こんなめんどくさい人間しかいないところに長居は無用だ。

芽衣子が取り繕うように笑うと、すぐに赤からの鋭い声が飛んだ。彼女の瞳が、逃がさないわよ、と言っている。

「若宮さん。まさか帰るとか言わないですよね？」

帰ります。帰らせてください。そう思っても口に出せないのが現実だった。

「だめ……、ですか？」

「ダメに決まってるじゃない」

青の強気な態度で気が大きくなったのか、黄色もその隣で居住まいを正した。

「そうよ。話があるんですからね！」

「……話、ですか……」

菅原と話をして、さらに信号機トリオとも話をするとなると、相当疲れることは目に見えていた。本当はすぐにでもこの場から逃げたい。逃げだしたい。

かといって、話が終わりかけていた菅原をダシに使うのも、話の続きをされそうで嫌だったし、嘘をつくにも適当なものが思いつかない。困り果てている芽衣子の前で、あろうことか黄色が「せっかくなら、菅原さんにも聞いてもらいましょう」と顔を綻ばせて言うので、最悪にもその言葉が菅原の興味を誘ったらしい、興味津々に黄色を見ていた。

「は？　あ、あの、菅原先生と私は関係ないので、部外者の方に私の話をする必要はまったくないと思うんですけど」

「だから、俺は部外者になったつもりはないって言ってるだろ」

「いえ、ですから、そういう意味で言ったつもりはなくてですね……!?」

「だったら俺にだって聞く権利ぐらいあるよ」

　めんどくさい。

　それしか頭に浮かばなかった。なんでこうなったのか、理由を考えるのさえもうんざりする。頭を抱えたい芽衣子に、信号機トリオの表情がみるみる変わっていった。今度は何かとてつもない思い違いをしているような気がしたが、菅原とのやりとりで疲弊した芽衣子は何もできなかった。

「ちょっと待ちなさいよ、若宮さん」

「あなた、各務先生だけじゃなく、菅原先生にも色目を使っているの!?」

「どういうことか説明しなさいよ。どうして若宮さんばかりモテるのか、すごく興味があるわ」

　話の焦点がズレている。しかも、ものすごく。

「ちょっと待て、各務って、各務良真か!?　芽衣子、おまえ、もう良真に手を出されたのか!?」

いや、だからそこで熱くなられても困ります。

心の中のつっこみはすべて目の前の人物に届かない。とにかく、芽衣子は自分だけが冷静さを欠いてはいけないと、話を戻そうとした。もうしょうがない。話題を逸らすためには必要なことだった。

「みなさん落ち着いてください。とりあえず、さっきまで言ってた話っていうのはどんな話なんですか？　先にそっちの話をしましょうよ、ね？」

落ち着いてもらうべく会話の軌道修正をしたのだが、信号機トリオの表情が般若《はんにゃ》のように変わっていく様に、芽衣子はいろいろ失敗したことを悟る。

「この子が、見たって言うのよ」

「ほら、自分の口からちゃんと言いなさい」

赤と青にせっつかれるように前に出た黄色は、それこそ「うらやましい」と書いてある顔を芽衣子に向けて、言い放った。核級の爆弾を。

「わ、私見たんだから、昨日、リネン室から各務先生と若宮さんが出てきたところ!!」

辺りに衝撃が走る。

「二人きりで何をしてたのか知らないけど、各務先生は色っぽかったし、若宮さんの服は乱れてた！　その証拠にほら、首筋に絆創膏《ばんそうこう》があるんだから」

まるで子どものように芽衣子に指をさす黄色に、咄嗟に首元を手で隠してしまった。今日は寒くてタートルネックを着ていたのに、それすらも忘れた行動だ。

（しまった……!!）

自分の行動があだになり、黄色の話の信憑性《しんぴょうせい》が増してしまった。慌てて手をどかすも、遅い。状況は芽衣子の知らない間に進んでいた。

「若宮さん!!」

「いったい、各務先生と何をしていらしたの!?」

「これでさらに菅原先生と二股かけてたりしたら、許さないんだからね！」

「芽衣子、どういうことか、話してもらおうか」

四人の言葉と視線が痛い。この集中攻撃に耐えられるほどの精神力が、芽衣子には残っていなかった。

どうやってこの場を切り抜けたらいいのか、良案なんて浮かばない。

「黙ってたって、ダメよ」

「しっかり吐いてもらうまで、帰しませんからね」

「私たちこれから予定ないんだから、しっかりいることできるんだから！」

刹那「あなたと一緒にしないで！」と赤と青に揃って言われ、黄色は涙目になっていた。

それを呆然と眺めている芽衣子の肩を両手で摑んだ菅原は、自分を見るように身体を向き直らせる。

「いいか芽衣子。各務だけはやめておけ。あいつは女に手が早いだけじゃなくて、そのあともだらしがない！　ひと晩だけの関係が多いんだぞ。絶対に遊ばれる。だから、あいつじゃなくて俺にしておけ」

必死になって説得してくる菅原に、芽衣子は何も答えられなかった。

（……もう、いや）

まさか本当のことをここで言うわけにもいかないし、もっと言えばこの場を治める方法もわからない。ただ、救いだったのは信号機トリオだけが残業をしていて、たぶん残りの看護師は帰ったということだけだった。

さらにギャラリーが多かったら、これだけではすまないだろう。

もういい加減、誰かに助けてほしかった。

「考え直す時間はある。もう少し時間が経てば、きっと俺のほうがいいって思う」

「菅原先生と各務先生を弄ぶなんて」

「言語道断ですわ!!」

「だから、どうしたらそんなにモテるのか教えてもらえませんか!?」

最後の黄色の叫びは、芽衣子の心に癒しを与えてくれたが、そろそろいろんな声を聞いていたせいか、耳と頭が痛くなってきた。

刹那。

「――うるさいよ」

ひんやりする廊下で、さらに体温の下がる冷えた声が響く。

しゃべっていた全員が一斉に口を閉じた。芽衣子は、静寂を取り戻した廊下の先を見つめて息を呑む。

「みんなは、よってたかっていったい誰をいじめているのかな」

この話題の渦中にいる――各務良真が冷笑を浮かべて、芽衣子を取り囲む信号機トリオの後ろに立っていた。

第九話　どれが、嘘？

悪魔のような微笑みを浮かべる良真に、周りにいる全員が時間を忘れた。

「あのね。ここ、一応病院内、おわかり？」

こくこく。一斉に首を縦に振る。それを確認した良真が「わかってるならいいんだ」とさらりと言って、信号機トリオの間を割って入ってくる。それから、芽衣子の肩を掴んでいる菅原の手を払った。自然に、険を感じさせることなく。

「それと、これ、俺のだから」

そっと肩を抱き寄せられて、今度は芽衣子の時間が止まった。いったい何を言っているのかと問いただしたくなる芽衣子をよそに、赤の声が差し狭まれる。

「その意味が、よくわかりません」

ふるふると震えながら言う赤に、良真が視線を向けた。

「わかりたくないだけだろ」

それを冷たく突き放すのは、良真だ。赤が図星を指されたように俯いた。

「そうです。私たちはわかりたくないんです。……信じられないんですから」

赤の意思を受け継いだのか、青がそれでも良真に向かう。

「じゃあ、どうしたら信じてもらえるのかな」

「言葉だけで信じろと言われても、無理がありますわ」

そう言った青の言葉を受けて、良真は「そうか」と小さくつぶやく。そして菅原を見て呆然としている芽衣子に視線を向けた。

「だ、そうだ」

「は?」

「だから、態度で示せってよ」

何を言っているのかわからなくて逡巡する。そもそも、このまま彼の言うとおり周りを誤魔化していいのだろうか? いや、よくない。今はそれでこの状況を抜けることができても、休日明けにはその噂は大きく広がるだろう。

前の病院の二の舞になりはしないだろうか?

というか、本命の彼女はいいのだろうか?

浮かんだ不安に心が揺らぐ。良真にもそれが伝わったのか、彼の瞳が複雑な色を示した。

「……はぁ」

ため息をひとつした良真は、返事をしない芽衣子の首の後ろに手を置き、そして——。

「んんぅっ!?」

上に向かせて、唇を覆った。押しつけられた良真のそれはとても熱く、芽衣子の吐息までも呑みこむ。驚きに目を見開かせる芽衣子だが、良真は律儀に目を閉じて唇から快感を与えてきた。

「んっ、……ぅっ」

強引に口の中に入ってきた舌のざらつきに、肩がびくりと震える。息をする暇を与えてくれたが、甘い吐息しか出なかった。

「っはぁ、ん」

唇を舌で舐められ、くちづけを繰り返される。甘くて優しい。愛おしさすら感じるようなキスに、思考が自然と蕩けていくのを感じた。

「……こういうことだから。何か文句でも?」

だらりと、腰から力が抜けた芽衣子を抱きしめることで支えた良真は、固唾を呑んで見ていた全員に宣言とも取れるように言う。それはけん制でもあり、さらには挑戦でもあるように聞こえた。

「芽衣子ちゃん、行くよ」

実は、昨日良真によってつけられた熱は放出されることなく、芽衣子の中にとどまったままだった。仕事中は切り替えることでがんばれたのだが、ちょっとした快楽を与えられて、さらに熱が増した。うるうると目に涙を浮かべた芽衣子を見下ろした良真は「怒るなよ」と言って、簡単にお姫さまだっこをして抱えあげる。

「各務」

菅原の声に、良真は視線だけを投げて返した。

「……本気なのか？」

その言葉に、良真はふっと笑った。

「それは、おまえの判断に任せるよ」

爽やかな良真の声しか聞こえない。

「俺の彼女が迷惑かけたな」

呆気に取られている周囲を放置して、良真は芽衣子を連れて職員通用口から出て行った。その腕に抱かれて、芽衣子はどうしたらいいのか考えあぐねる。でも、心に浮かぶのは嬉しさだけだった。

彼に触れてるときに感じる妙な安心感に包まれて、一瞬だけ彼を抱きしめる腕に力をこめる。きゅっと抱きしめて、これで満足するように自分に言い聞かせた。

「……芽衣子ちゃん？」

良真の声で我に返った芽衣子は、はぐらかすように「下ろして」と言った。

お姫さまだっこで外を歩くことができるのは、イケメンぐらいだと本気で思った瞬間だ。

「はいはい。今、下ろすからちょっと待ってな」

職員通用口を出るとすぐにあるのが駐車場だった。閑散とした駐車場に、車通勤をする医師や看護師、栄養士などスタッフの車が停めてある。その中に、彼の乗っている黒のマークXの姿もあった。

「……あの、ちょっと？」

「何かな」

「もしかして」

「もちろん、拒否権はなしだ」

危うく、爽やかな笑顔に騙されるところだった。彼の向かっている先は、そのマークXが停められている場所だ。

「おーろーせー！」

「拒否権はないって言っただろー。おとなしくしてろって」

「嫌、無理！」

「そんなに嫌がらないでほしいな。昼間、話があるって言ってあるんだから」

「私には話すことはありませんって、ちゃんと言いました！」

「あのときは仕事中だったから逃がしてあげたけど、今は逃がさないよ」

「逃がしてください、私に話すことはありません！」

大事なことなので、二回言った。しかし、全然伝わってないようで、芽衣子を下ろすそぶりすら見せない。挙句の果てには、

「さっき助けてやっただろうが」

と、反論できないことを言ってくる。一瞬言葉に詰まったが、芽衣子はそれにもめげず文句を並べた。

「勝手にキスしただけですよね。あれ助けたうちに入るんですか？　むしろセクハラです!!」

「でも、一人であそこから抜け出せなかっただろ？」

それを言われると弱い。あの状況で抜け出すのは確かに無理だった。ぐっと言葉を詰まらせた芽衣子に、良真はにこやかに言う。

「だから、助けたお礼に、俺と一緒に過ごしてよ」

どこかで似たようなセリフを言われたことがある。しかも、脅されるという状況がほとんど同じだ。同じ状況になることなんてそうそうあるはずもないのに、芽衣子は妙にどきどきしていた。

「ね」

最初に会ったときと状況が似ているだけでときめくなんて、どこの乙女だ。本当は怒っ

ている。文句を言ってやりたい。そう、本気で思っている。だから、決して良真に屈するわけではなかった。これでも、気持ちの面では。

「……どこに連れて行く気ですか？」

「内緒」

芽衣子をおろして助手席のドアを開けた良真は、嬉しそうに唇の前で人差し指を立てた。

★————★————★

「よし。じゃあ、これで。でも包まなくていいから。このまま着ていくんで」

目の前でクレジットカードを店員に渡す良真を、下から恨めしげに見つめる。

「……あの」

「ん？」

その場を離れて会計をしにいく店員の背中を見ていた良真が、芽衣子のほうに振り向いた。やっぱり似合うな。そうつぶやいて顔を綻ばせる。しかし芽衣子はそれを綺麗に流して、口を開いた。

「これって、デートですよね」

「服買ってやっただけだろ」

「どうして買うんですか」

「似合うから」

すぱっと即答されて、すぐに反論ができなかった。

「に、似合うからって買い与えないでください！」

「この時間は俺のものだから、好きにさせろよ」

「だからって」

「それに」

「んっ⁉」

反論しようとした唇に、指を当てられて無理やり話を遮《さえぎ》られた。

「服は少ないよりも、多いほうがいいだろ？」

にっこり。蕩けるような甘い笑顔に、思わずときめく。気をしっかり持てと叱咤する芽衣子に、良真は「次はメシだな」と微笑む。

喉の奥まで出かかっていた芽衣子の文句を、その笑顔で呑みこんでしまった。

「……どうした？　そんな微妙な顔して」

「なんでもないです」

「むくれるなよ。せっかくの綺麗な格好が台無しだ」

良真が芽衣子の頭をくしゃっと撫でると、店員が彼の名前を呼んだ。

「俺が戻ってくるまでに、機嫌を直しとけ。あと、その伊達眼鏡邪魔」

「え。ちょ、なんで伊達って」

「昨日、至近距離で見たときに、度が入ってないのがわかった」

背中を向けて手をひらひらと振る良真を、芽衣子は呆然と眺める。

「なんなのよ、もう」

まるで、すべて見透かされているような気分だ。良真を目で追いかけている自分に腹が立ったので、店内にある鏡の壁に無理やり視線を移した。

センターリボンのコクーンワンピース。シックなブラウンのワンピースはデコルテを綺麗に見せてくれるスクエアネックだ。ウエストで結ぶ黒のリボンが、スカート部分のかわいいシルエットを見せてくれる。ワンポイントにもなるし、シンプルなデザインでとてもおしゃれに見えるワンピースだった。着るよりも前にわかってた。芽衣子の好みだって。

（それを、あの人が……）

着てみろ。その、鶴の一声で店員がやってきて、試着室に服と一緒に放り込まれた。しかも何がむかつくって。

「似合ってる」

ことだ。芽衣子のふんわりしたミディアムヘアがより際立つ。あとは、この赤縁眼鏡だった。

良真の言うとおり、確かにこの眼鏡だけはいただけない。外したほうがいいに決まっている。が、これを外すことでメイかもしれないと疑われるのも嫌だった。

自分がどうしたいのかすらわからなくて、気持ちが迷子になる。視線を落とすと、靴がスニーカーのままだったことに気づいた。これなら、良真から贈ってもらった靴のほうが似合う、などと思っていたら、背後から良真に呼ばれる。

芽衣子は顔を上げて、良真のところに向かった。それから、さすがにスニーカーだと格好がつかないということで、おしゃれなオープントゥのパンプスを買い、服同様強引に押しつけられる。良真が満足したところで、夕飯の話になった。

「何食いたい？」

まずそこから始まった夕飯先は、案外簡単に決まった。がっつり肉が食べたいと言う良真の提案を受け、芽衣子が店を選出。結局、焼き鳥をメインに扱うお店になった。そういうところはだいたい野菜串も置いてあるため、バランスよく食べられてちょうどいいのだ。

店内はそこまで混雑しておらず、すんなり中に入ることができた。

「色気も何もないな」

そう言う良真だが、芽衣子は全然気にしなかった。ただちょっと残念なのが、せっかく買ってくれたワンピースに匂いがついてしまうという点だけだ。これはちょっと切ない。

かといって会席をメインに扱っているお店になると、逆にかしこまって肩が凝るし、ついでに言えば、同僚と食べに行くようなレベルのお店ではない。

結局、気楽に楽しく食べられれば、どこでだってよかった。

思いのほかおしゃれな店内で、向かい合った芽衣子と良真。良真は車だし、芽衣子もそこまでお酒が強いわけではなかったので、お互いにソフトドリンクを頼んだ。それからしそ巻き、えのき巻き、シーザーサラダ、ぼんじり、豚ばら手作りつくねをひととおり頼んだあとで、芽衣子は我に返った。

「いや、そうじゃなくてですね」

「ん？　芽衣子ちゃんは、何が不満なのかな。あ、待ってました、ありがとー」

続々とオーダーしたものが机に並べられていく最中、良真はにこやかにウーロン茶を口にする。芽衣子もまずは喉を潤すためにとジンジャーエールを飲んだ。

「ですから、どうして各務先生と一緒に、私はご飯を食べているんですか？」

「勤務帰りに、買い物したら普通メシだろ」

「買い物したって、各務先生のじゃなくて私に対する買い物じゃないですか」

「間違ってない」

ご機嫌な様子で、ぼんじりの串を一本手に取った良真は、それを遠慮なく口に運んだ。

「あ、これうまい。芽衣子ちゃんも食べてみな」

「頼んだの私ですからね!?　おいしいに決まってます」

　残りの一本を手にした芽衣子は、割り箸でひとつひとつを串から外していく。全部取ったところで、たれにまみれたぼんじりを口に入れた。じゅわっと口の中で広がる肉汁に思わず口元が綻ぶ。

「芽衣子ちゃんと一緒にごはん食べたの初めてだけど、すごく幸せそうに食べるんだね」

　あまり食べてるときの顔など気にしたことがなかったから、急に恥ずかしくなった。

「……食べるの、好きですから」

「だから管理栄養士？」

「はい。食べて、患者さんに幸せになってもらえたらうれしいなって思って……。作るのも好きですし」

「そっか」

　それはそれは満足そうに微笑んだ良真にときめいた芽衣子は、思わず下を向く。視線を逸らさないと、今みたいに彼のペースに呑まれてしまう。もうひとつぼんじりを口に入れて、芽衣子は何を話していたのか忘れていることに気づいた。

「で、話の続きなんだけど」

「……聞いてたんですか？」

「失礼だな」

　苦笑して話を続ける良真の前に、芽衣子は取り分けたシーザーサラダのお皿を置く。

「どうしてもね、芽衣子ちゃんとデートしたかったんだ」

「やっぱり、これってデートじゃないですか……！」

「そうだね。でも、俺にとっては初めてのデートなんだよ」

「……初めて？」

買い物して、ごはん食べて、帰る。これが一般的なデートコースだと思っていた芽衣子は、当然首をかしげた。

「うん。俺のしてきた今までのデートって、すぐにホテルか俺の部屋だったからさ」

平然と言った内容に、芽衣子の目が丸くなる。

「買い物は一人で行く主義だから、女の買い物に付き合ったこともなければ、こうして女に何かを買ったこともない。……二人きりでごはんを一緒に食べるっていうのも、自宅以外まぁなかったね。大体大勢で行ってたし」

あははと笑いながら話すような内容じゃないのに、彼は楽しげにえのき巻きを口に入れた。その様子を見ていた芽衣子は、自分が食べるのも忘れて良真の話の続きを待つ。

「……だから、まぁ、その、ちゃんとしたデートをしてみたくて、強引に連れてきた」

「どうしてですか？」

「ちゃんと、順序踏みたいと思って」

「……順序って、なんですか？」

首をかしげる芽衣子に、良真は「あとでね」と照れたように微笑む。そして、今度は手作りつくねに手を伸ばした。

「……じゃあ、もうひとつ」

「なに？」

「どうして、……私を彼女だって言ってあの場から連れ出したんですか？」

その問いに、良真は困ったように眉根を寄せた。

「なんで？」

「だって、各務先生には好きな人がいて、その人のために遊ぶことをやめたんですよね？　だったら、その人に誤解されるような行動したらダメじゃないですか？」

「……まぁ、そうなるよね」

「私、休み明けにどんな顔して出勤すればいいのかわかりません……」

「平然としてればいいよ」

「偽の彼女としてですか？」

言ってる自分の胸がつきんと痛む。偽者の彼女の役なんて、まっぴらだった。自分がそうなるのも、周りに彼女だと思われるのも、どちらも嫌だ。偽りなんて欲しくない。

だって、良真には本当に好きな本命がいるのだから。

「今日みたいなことをすれば、みんなが私のことを各務先生の彼女だって信じます。先生は本命の方に誤解されてもいいんですか？」

なんでわざわざ自分から「フッてくれ」というようなことを言っているのか、自分でもわからなかった。ただ、偽りの彼女をやることで自分の恋心を貶《おとし》めたくなかっただけだ。

「……芽衣子ちゃんは、まっすぐなんだね」

「え？」

「自分に正直っていうのかな。……やっぱりかわいい」

急に何を言い出すのかと思えば、一瞬間が空いて芽衣子の頬がかぁっと熱くなる。これでシラフだというのだから、信じられない。

「誤魔化さないでください。私は真剣に……！」

ふぅ、と息を吐いた良真が、切なげに眉根を寄せた。

「そんなに、俺の彼女になるのは嫌？」

「……そういうことを、言っているんじゃないんです」

そもそも彼女にしたいのは本命のほうじゃないか。

心の中でむくれる芽衣子に、良真は問い返す。

「じゃあ、どういうこと？」

偽りの彼女が嫌であって、本命がいなければ彼女になりたい。彼は何か思い違いをしている。それに気づいていた芽衣子は、ゆっくりと自分のことを棚に上げて本音をこぼした。

「……嘘を」

「うん」

「周りに、嘘をつきたくないだけです」

芽衣子のこの言葉を最後に、良真は何も言わなくなった。いや、厳密に言えば、この件に関して触れなくなったと言ったほうが正しい。

食事が終わるまで、どうでもいいたわいない会話しかしなかった。そのときの良真の顔があまりにも悲しげだったのを見て、芽衣子もあえて話を戻そうとはしなかった。


「さて、芽衣子ちゃん」


お店を出たときから良真に手を引かれて歩いていた。それも自然に彼の手を受け入れていたことに気づいていたが、あえて振りほどこうとはしなかった。彼の体温を感じられることが、嬉しかったからだ。良真から名前を呼ばれて、何かが終わると悟る。

そのまま歩いて連れてこられたのは、以前メイのときに靴と告白を贈られた噴水の前だ。

「はい」

「ちょっと、話をしよう」

良真がそう言って振り返った拍子に手が離される。離れていくぬくもりを、思わず追いかけそうになった。しかし、心を強く持って彼に触れたい衝動を堪える。

「なんの話ですか……？」

話なら先ほどたくさんした。どうでもいいたわいない話を。

「芽衣子ちゃんの話」

「……私の、ですか？」

「うん」

噴水の音が、芽衣子と良真の会話に割って入ってくる。あのときは、告白の前に噴水の音がした、などとぼんやり考えていた。

「君は、嘘をつきたくないと言ったけれど」

心臓が大きく跳ね、ばくばくと音を立てて次の言葉を待った。

「嘘をついていることはないの？」

「……私が、ですか？」

「そうだね。芽衣子ちゃんの正直な気持ちを聞かせてほしいんだ」

正直な気持ち。舌の上でその言葉を転がして、芽衣子は呑みこんだ。けれど、正直な気持ちなんてちっとも出てこない。

「俺が彼氏になったら、嫌？」

偽りの彼女でなければ大賛成だ。けれど、今の流れだと「偽りの彼女」のほうだと芽衣子は思った。まるで本命を守るためのカモフラージュみたいに扱われることを想像して、胸が痛くなる。

勤務中だけの恋人関係を続けて、勤務外は本命を大事に扱う。そして、そんな関係がまるで嘘だとは思わない周りから、芽衣子だけが嫉妬の嵐を受ける。それをよしとさせてしまえる良真の残酷さに、芽衣子の心はずたずたに切り裂かれそうになっていた。

菅原の言っていた意味が、このとき初めてわかったような気がする。

このまま彼の言うとおりにしてしまったら、前のようにまた職場を追われてしまう。今日の二の舞になるような出来事が起きるような気がして、とても怖かった。

地味に仕事を続けていきたいと思う純粋な気持ちと、ひどく扱われても彼のそばにいたいと思う気持ち。菅原には感じなかった愛しさというものが溢れて、視界が霞《かす》んでいく。

「芽衣子ちゃん？」

だったら、いっそのことフッてくれたほうがどれだけいいか。

「……ふっ、ぅ」

フッてください。そう言いたいのに、涙で何も言えなかった。言葉は嗚咽《おえつ》に変わるし、涙はあとからあとから流れていく。その涙を、頬に添えられた良真の優しい手が指先で拭ってくれた。

「……そんなにツライ？」

当然だ。こんな思い、今までしたことがない。

相手が大事で、ひどいことをされてもそばにいたいと思える人に出会えたことは、今までなかった。今思えば彼のしてきた態度、ひとつひとつがすべて優しさのように感じる。

最初に抱かれたあの日「おやすみ」と言ってくれた手と、声の優しさ。眠りゆく芽衣子をそっと抱きしめる腕のぬくもりに、少なからず安堵した。

仕事に対する姿勢だって尊敬している。

優しさをちゃんと持っている。

ちょっと人に対する愛情表現が足りないだけで、ちゃんと人を愛せる人。

この優しさに、ずっと包まれていたい。

そばに、いたい。

溢れてくる感情が、愛しい愛しいと芽衣子に告げてくる。

「っ……、っく」

涙が止まらなくなって口元を押さえて俯く。その様子を見ていた良真が、とても残念そうにつぶやいた。

「……そっか、そんなにツライか」

ふと、見上げた先に離れていたはずの良真の顔がある。何か言いたげに、口を開けたが何も言わず、静かに自分のスマートフォンを取り出した。それを芽衣子に見せる。

（着信、履歴……？）

画面は、菅原からの着信でいっぱいになっていた。

「あいつ、すごく心配してるのか、俺に連絡してきた」

芽衣子の携帯は当然ながら着信拒否だ。だから、一緒にいるだろう良真に電話をしたのだ。スマートフォンと良真の顔を交互に見た芽衣子に、良真は言った。

「……俺が彼氏になるのが不満なら、菅原のところに戻るといいよ。あいつ、優しいから」

え？　声にならない言葉に、彼は苦笑を漏らして返事をする。

「芽衣子ちゃんのモトカレって、菅原なんだろ？」

「え、……え？」

「以前に芽衣子ちゃんが、靴のサイズを知ってる男は女に慣れてるって、人から教えてもらったって言ってただろ？」

素直に首を縦に振ろうとして、芽衣子は思いとどまった。

あの日、靴をプレゼントされたのは芽衣子じゃない、メイだ。それを彼は芽衣子に言っている。と、いうことは、もしかして彼は芽衣子＝メイ、ということに気づいている？

驚きに目を見開く芽衣子を、良真は肯定と受け取った様子で話を続けた。実際は違うところで驚いていたのだが、芽衣子はそれに気づけなかった。

「あれ、俺が菅原に言った言葉なんだ」

何が起こっているのかいまだ理解ができない。ぱちぱちと瞬きを繰り返す芽衣子の頭を、良真がそっと撫でる。

「だから、そういう男になるなって意味で言ったんだけど……、芽衣子ちゃんには、そういう男に気をつけろって意味で伝わってたんだね」

切なげに眉根を寄せる良真に、芽衣子は声が出ない。

「泣くほど俺の彼女になるのが嫌なら、いらない」

「……え?」

そっと離れていく手のぬくもりとともに言われたのは、

「今ならまだ間に合うから、菅原とよりを戻しな」

――突き放すような言葉だった。

第十話　逃がさないよ？

呆然とする芽衣子に、良真は静かに告げた。

「なんだったら、俺から電話して迎えに来てもらおうか？」

電話をかけるそぶりを見せながら、彼はその笑っていない瞳を向けてくる。

「ん？」

笑っているのに、笑っていない。そんな良真に背筋がぞっとした。

溢れていた涙もいつの間にか止まっており、状況に冷静に対処する時間を与えられる。

落ち着いた芽衣子の頭の中に浮かんだのは、

「なんで？」

だった。

「……なんでって、だって俺の彼女になりたくないんだろ。だから、菅原に電話してやるって言ったんだよ」

「違います。そうじゃなくて……、どうしてこうなったのかわからないんです」

さっきから覚える会話の違和感を、芽衣子は必死になって探していた。夕飯を食べていたときに感じた〝思い違い〟が、今になって大きな溝を作っているのではないか、そう感じていたのだ。

「あの、落ち着きましょう」

「俺は落ち着いているが？」

「いえ、私が」

「……それは、まぁ、がんばれ」

戸惑う良真に、芽衣子は少しずつ落ち着きを取り戻す。

「いいですか？　まず、これだけは勘違いしてほしくないんですけど、菅原先生とは綺麗さっぱり終わってます」

「……あいつはそうは思ってないみたいだけど？」

「どこから聞いてたんですか」

その回答から、会話の内容を聞かれていたことに気づいた芽衣子が、じとりと良真を見上げる。

「ある程度のところから」

芽衣子の視線など痛くも痒《かゆ》くもないと言わんばかりに、飄々と答える良真。芽衣子は落ち着くようにため息をこぼす。

「じゃあ、言葉を換えます。今、私に菅原先生への想いはまったくありません。そりゃあもう微塵も。ですから、その手にあるスマフォはただちにコートのポケットに戻してください」

事細かに指示を出す芽衣子に、良真は楽しげに従った。何がおもしろいのかまったくわからないが、とにかく誤解はひとつ解けた。たぶん。

「はい、あとは？」

「あと、……あとは」

ふと思考を彷徨わせると、次の話題はあまり触れたくない内容だった。

つまり『偽者の彼女ならお断り』ということを伝えなければならない。良真の言う〝彼女〟というのは、病院内で周りを欺《あざむ》けるための存在という認識だからだ。

「……その」

なかなか本心を口に出せないでいる芽衣子に、ニヤニヤしていた良真が口を開ける。

「俺とは付き合いたくない？」

「違います!!」

即答されると思っていなかったのか、良真が珍しくその表情を驚きに染めた。

「……そう、じゃ、ないんです。私は、偽の彼女になりたくないって言ってるんです」

「その偽の彼女って、何」

「だから、今日のことですよ！」

「今日、芽衣子ちゃんを助けるときに、俺の彼女って紹介したのがダメってこと？」

「そうです！　だって、各務先生本命がいるって公言したじゃないですか！　本命じゃない私を彼女だと紹介するってことは、偽者の彼女になれって、そういうことですよね。私、ごはん食べてるときにそう話したじゃないですか!!」

食い違っていると思っていた内容が、ようやっと良真に通じたのか、彼は目を丸くしたあとで声をあげて笑い出す。

「ご、ごめんっ。くっ、……ははっ」

なんでこんなに笑っているのかわからなくて、芽衣子は不機嫌を露わにした。

「こんなに話が食い違うっていうことは、各務先生が私の話を全然聞いてなかったってことですね」

「そ、そうじゃ……、ないんだけど。……はぁ」

一度、呼吸をして会話を切った良真が、穏やかに微笑んだ。

「そっか、うん、ごめんね」

何がごめんなのかまったくわからない。

「芽衣子ちゃんが、本命に誤解される俺のことを心配してくれるのがかわいくて、全然意味がわからなかったんだ。――本命が自分だっていうのに」

「あー、そーです、か……?」

嫌みたっぷりに続けてやろうと思ったのに、芽衣子の思考は止まった。最後に付け加えられるように言われた言葉を頭の中で繰り返す。

(本命、が……自分だって、いうのに……?)

言っている意味がわからないと混乱する芽衣子に、良真は近づいてその手を取った。緊張で冷たくなっているのか、ひんやりとした手が芽衣子の手を包みこむ。

「俺の本命は、芽衣子ちゃん、君なんだ」


時間が、止まる。

噴水の音も。

木々を揺らす風の音も。

人々のざわめきも。


――すべてが、この一瞬を確かなものにした。

「……なーんか、話が食い違ってるっていうか、うまく俺の気持ちが伝わってないと思ってたら、誤解してたんだね」

「ご、かい、なんか……」

「まぁ俺も、芽衣子ちゃんが俺の気持ちに気づいているだろうことを前提に話をしてたから、それも悪い原因のひとつなんだけど」

照れて笑う良真に、芽衣子はまだ戸惑いを隠せない。情報処理能力が一時的に低下しているため、目の前の事実を素直に受け入れることができなかった。

「あ、その顔は信じてないって顔だ」

「と、当然じゃないですか!! 各務先生が私を好きって、……そんな、しかも本命とか言われたって、先生私のこと何も知らないじゃないですか!!」

お互いの体温、と言っても一方的に良真に体温を奪われた手を振り払う。そして自分の手を抱きしめるようにして胸に寄せ、襲い来る恐怖に耐えた。

良真からの告白に現実味を感じたら、急に嘘をついたことが怖くなった。彼の目を見ることができず、そっと視線を落とす。

「……知ってるよ」

え。

「君のことを知ってる」

今、ここで彼が嘘をつくことはない。だって、――最初に彼に嘘をついたのは芽衣子自身なのだから。

「嘘つかないでください！　私は、私はあなたに……っ」

嘘をついている。許してほしいわけじゃない、でも本当のことを知ったら嫌われてしまうかもしれない。複雑な想いが絡み合って、芽衣子の口が縛られた。

「……っ」

自分の想いにがんじがらめになっている芽衣子を、そっと抱き寄せたのは良真だ。突き放した芽衣子を腕の中に迎え入れ、大丈夫だと言うように抱きしめる。

「知ってるよ。俺が、二回も好きになって、告白した女だろ？」

「……え？」

二回も良真に告白された覚えのない芽衣子は、唖然とした。

「一回目はメイで靴履かせたとき。二回目は、芽衣子ちゃんで今」

「ええ!?」

顔を上げて驚くと、良真は「ばかだなぁ」と笑う。

「今まで気づかれてないと思ってたのか？」

「嘘！　どうして!?　いつから!?」

うろたえる芽衣子に、良真は落ち着かせるようにひとつずつ答えていった。

「嘘じゃない。どうしてって言われても、俺医者だよ？　自分で処置した人間の背格好ぐらい覚えてるさ」

「それだけじゃ信用性がない！」

「確かに最初は類似点だけで疑ってたけど、確信になったのは雛ちゃんといたときかな」

「……やっぱり」

「でも、そのときには芽衣子ちゃんも好きだった」

あのときの情景が思い浮かぶ。見下ろしてくる良真の艶のある笑顔とセリフに、とうとう耐えきれなくなって顔を彼の胸元に押しつけた。

「俺と付き合って、っていうのは告白じゃありません!!」

だめだ。なんだか違うところで混乱してる。これじゃただの駄々っ子じゃないか。恥ずかしくて顔なんて上げられなかった。それなのに当の本人はくっくっく、と笑っている。

「わかったわかった。じゃあ、どうしたら告白になる？」

子どもをあやすような口調に、芽衣子は良真のコートをぎゅっと掴む。

「……好きって、……ちゃんと、言ってください」

消え入りそうなほど小さな声でつぶやく。彼の耳までちゃんと届いているのか不安だったが、芽衣子を抱きしめる腕の力が急に強くなった。

「それ、反則」

頭の上から聞こえた良真の声に、届いてることを理解した。緊張気味に息を吐き出した良真が、芽衣子の耳元に唇をそっと寄せる。

「好きだ。好きだよ、芽衣子のことが、大好きだ」


ああ、幸せに心が震えるというのはこういうことなのだろうか。

彼の香りに包まれて、待ちわびた告白を耳にする。嬉しくて涙がにじんできた。

「だから、俺のものになって？　初めて、誰かを欲しいと思ったんだ」

続けられた言葉に応えるように、芽衣子は涙を流す。

言いたいことも、訊きたいこともたくさんあるのに、今は彼を抱きしめることしかできなかった。

「今日こそ、俺に持ち帰らせてくれる？」

デリカシーのないセリフだと思うと同時に、良真らしいと思った。芽衣子は首を縦に振ることで彼に応えた。

★――――★――――★

「ちょっと、あの、何してんですかぁああ!!」

芽衣子は羞恥からか、とうとう叫んで抗議の声をあげた。

「愛《め》でてるだけだよ。だから、俺の許可なく腕を下ろしたらだめだからね」

目の前にいるのは、先ほど彼氏になったはずの各務良真。彼はとてもにこやかに、機嫌よく芽衣子の前に座っていた。

「こういう愛で方はやめてくださいっ」


――今までにない感動的な告白を受けた直後のことだ。

芽衣子は良真の部屋に来ていた。相変わらず汚い部屋の中を二人で歩きながら、汚いから片付けましょうよ、じゃあ芽衣子が片付けて、なんて会話をして寝室に向かった。とても綺麗に整っている寝室に入ると、すぐに良真から抱きしめられた。

後ろからきゅっと腰の辺りを抱きしめられて芽衣子の心臓もきゅっとなる。恥ずかしくても苦しいぐらいに良真の行動ひとつひとつに心は反応していった。

じゃれるようにしていたキスがやがて濃厚になり、徐々に甘さも増してくる。大きくてふかふかのベッドに座らされて、そろそろそのときがくると芽衣子も覚悟を固めた。

ばんざいをしてワンピースを脱がされたその直後。なぜか芽衣子は両手首を頭の上にまとめられて、良真のしていたネクタイで結ばれる。

そうして、芽衣子はヘッドボードに下着姿で背中を預けていた。もちろん、両手首はネクタイで固定されて頭の上で。


「ちょっと、良真さん聞いてるんですか!?」

「うん、聞いてる聞いてる。あ、眼鏡取ろうかー、もういらないもんね」

絶対に聞いてない。そう相手に印象を与えるほど、彼は軽い受け答えをする。

「だから、もうちょっと真剣に、人の話、んっ」

近寄ってきた良真が眼鏡のブリッジをつまんで、上手に取り上げる。すっきりした視界の先では、良真が満面の笑みを浮かべて芽衣子の眼鏡の端を唇に当てた。

下唇の上にのせた眼鏡の端を転がすように、満足気に言う。

「さて、と」

何を始めるのかと固唾を呑んで見守る芽衣子に見せつけるように、唇に当てていた眼鏡をかけた。芽衣子が今までかけていた眼鏡を良真がかけることで、イケメンの眼鏡男子が完成する。今まで眼鏡に興味はなかったが、好きな人の眼鏡姿には弱いらしい。

心臓がきゅんきゅんときめいて痛くなった。

着崩したスーツの下に見えるワイシャツのボタンに手をかけた良真は、妖艶に微笑む。

「問診を、始めようか」

そう言って、良真は手にしたボタンをひとつ、ふたつ、と外していく。

普段出さない男の色気をふんだんに出した良真に息が詰まった。言葉すらいらないような気がして、一人でどきどきする。眼鏡をしたイケメンが、自分のワイシャツのボタンをふたつほど開けただけだ。それなのに、激しい動悸《どうき》で呼吸をするのがつらい。

そもそも下着姿を見られて恥ずかしい思いをしているのは自分のほうなのに、なぜか良真から目が逸らせなかった。

「……なぁにドキドキしてんだよ」

楽しそうに顔を近づけてくる彼に向かって、芽衣子は咄嗟に嘘をつく。

「してません！」

「嘘だ」

「嘘じゃない！」

「また俺に嘘つくの？」

「だって嘘じゃないもん!!」

「……じゃあ、確認してもいいよね」

小首をかしげて、眼鏡の奥にある茶色の瞳がいやらしく細められた。何をされるのかと身構え、怯える芽衣子に向かって、良真は手を伸ばす。

「んっ」

大きな手が左胸に触れた。ふにふにとその弾力を確かめるように、手を当ててくる。どきどきどきどき。自分の置かれている状況と、楽しそうに芽衣子を眺める良真の表情に動悸が激しくなるばかりだ。

「……ほら、嘘ばっかり」

「嘘、じゃ」

「ドキドキ、してんじゃん。しっかり」

「ちが、それは良真さんが、……触る、から」

「ああ。だからドキドキしちゃうんだ。……芽衣子はかわいいね」

甘く、誘うような声で囁かないでほしい。

良真の色気に中《あ》てられ、おかしくなりそうな芽衣子は、彼から視線を逸らすことで何かをしのいだ。それが、昨日つけられて燻ったままの情欲の炎だということも知らずに。

「そ、それで、問診って何するんですか!?」

無理やり話題を変える芽衣子の胸には、相変わらず良真の手のひらが置いてあった。

「問診っていうか、ちょっと訊きたいことがあって」

「……なんですか」

人の目を見て話をしないのは失礼だと知っていても、さすがに今良真の目は見られない。

「どうして、……泣いたの？」

「……は？」

「だから、さっき」

「さっき……？」

「俺が彼氏になったら嫌か訊いたとき」

良真の顔を見て、ふと、記憶を遡《さかのぼ》ってみる。

確かにあのとき泣いた。――本命の彼女を守るように、偽りの彼女になる自分が嫌で。

だったら、私のものになってよ。

そう思う気持ちすらあったことを思い出す。

「……ん？　どうした？」

良真の顔を見ていたら、本当のことなんて言えなかった。

「な、ん、でも」

「ないとか言ったら問診の意味ないだろ」

「これ、問診じゃない！　むしろ尋問!!」

「いやだなぁ、尋問だなんて物騒な言葉使わないでくれるかな」

「下着姿で両手縛って逃げられないようにしてるこの状況は物騒じゃないんですか!?」

「物騒じゃありません」

きっぱり言った良真に芽衣子は口を閉じる。唇を尖らせて、威嚇《いかく》するように睨《にら》んだ。

「睨んだってだめだよ。俺もちゃんと言ったんだから、芽衣子もしっかり自分の気持ち言おうな」

それを言われると弱かった。良真の言うとおり、彼は彼の気持ちをちゃんと言葉にした。が、芽衣子はそれをしないでココにいる。好き、という気持ちを伝えるのが、とても恥ずかしかった。

「……恥ずかしい」

「じゃあ、言え」

「私の話聞いてましたか⁉」

「聞いてたから、言えって言ってるの。俺だって慣れないことしたんだから、芽衣子も少しは味わうといいよ」

にっこり。その笑顔がとても怖かった。

「言わないと、どうなりますか？」

「このままだね」

「困ります」

「じゃあ、言え」

二度も同じことを言われた芽衣子は、深くため息をつく。

もう、しょうがない。

心に覚悟を固めて良真の顔をじっと見つめた。

「悲しかったんです」

「……付き合うことが？」

「違います。そのときは、……その、偽者の彼女になるのを前提で良真さんが話をしているものだと思っていたので」

誤解していたことを先に伝えて、芽衣子は説明する。

「……勤務時間は私を彼女のように扱って、勤務時間外に……本命の彼女をすごく大事にするんだろうな……って、思ったら、その、悔しいといいますか悲しいといいますか、私も良真さんに大事にされたいなって、そういう独占欲とかも出てきちゃって」

ちょっと言葉に出しただけで、こんなにも気持ちが溢れるなんて知らなかった。

「だから」

「……」

「私も、初めて良真さんが欲しいと思うぐらい、本命の彼女に嫉妬したんです」

じっと良真の目を見て想いを伝える。ちょっと間抜けで恥ずかしい格好だったけれど、そんなことは関係ない。大事なことは、想いを伝えることだ。

「……その本命が自分だと知らずに？」

ふっと微笑んだ彼の言葉に、思わず唇を尖らせた。

「普通は気づきませんよ」

確かに「加奈子ちゃんは、なんとなーく気づいてたみたいだけど？」

「『各務先生の想い人って若宮さんだったりして』と言われていた。かといって、当時の芽衣子にはなんとなく聞き流すことしかできなかった。好きになったらいけないと思っていた直後だったからよけいに。

「……あんまり、いじめないでください」

しおらしくなった芽衣子に、良真は苦笑する。

「愛でてるだけなのに」

「良真さんの愛情表現は、わかりにくいんです」

「そうかな？」

「……そうですよ」

最後のほうは、近づいてくる良真の唇に塞がれてちゃんと言えたかどうか不安になった。

そっと唇が触れて、離れる。たったそれだけの行為に、芽衣子の心が愛しさで溢れた。

「だいすき」

溢れた気持ちは言葉となり、唇からこぼれていく。

「ありがと」

幸せそうに微笑む良真に、しっかり気持ちが伝わったことが嬉しかった。再び近づいてくる良真の唇を、芽衣子は目を閉じて待ちわびた。

「んっ」

そっと唇にやわらかい良真のそれが重ねられる。もどかしいのは、縛り上げられた両手で愛しい人を抱きしめられないことだ。もっと肌を重ねて幸せを共有したいというのに、良真だけが芽衣子を抱きしめ、くちづけを深くしていく。

「んっ、……ん、ぅ」

甘い甘いくちづけに、思考が蕩ける。さらにそこに愛情と幸福があれば、唇からの刺激はいつもより甘美だ。唇が離れ、うっとりとした良真の目に情欲の炎があるのを見た。

「顔、とろけてるよ」

いちいち教えてくれなくても大丈夫なのに、わざわざ彼は芽衣子の状態を口にする。それが恥ずかしくて目を逸らせると、見せた首筋に彼が唇を当ててきた。

「あんっ」

舌でぺろりと舐めて、彼の甘い吐息が耳につく。触れているところから熱が伝わり、彼が先に進もうとしていることを知った。そのことに気づいた芽衣子は、理性総動員で慌てて制止をかける。

「だ、だめ……ッ！」

「……なんで？」

止めてやった。と言いたげに首筋から唇を離し、不機嫌な表情をする良真に、不安を表情の前面に出す。

「このまま続けるんですか……？」

「当然」

「……じゃあ、これ、解いてくれます？」

目線を上にした先には、もちろんネクタイで縛られている両手首。もうそろそろ腕も痺れてきたし、問診にも答えたことだし解いてほしかった。

「ああ、これ？」

解いてくれる希望を目に良真を見ると——、浮かんだのは悪魔の微笑み。

「このままに決まってんだろ」

満足気に答えた良真が、芽衣子の首筋に再び吸いついてくる。まさかの行動に、芽衣子は首筋に感じる快感に耐え、必死に声を張りあげた。

「ちょっ、ん、……っと！　待って。待ってくださいっ!!」

「無理」

「無理じゃない！　腕しびれた！　ひどいことしないで！」

思いつく限りの単語を並べて、とにかく彼の行動を止めたかった。その思いが届いたのか、良真は不機嫌な表情でまた芽衣子の前に顔を見せる。

「ひどいとか失礼だな」

「緊縛趣味はありませんっ！」

「ああ、菅原そういうセックスしなさそうだもんな。なんか常にぬるそうだ」

「ぬるいとはなんですか!!　優しいって言ってくださいよ、優しいって！」

菅原とのセックスを想像されている発言に恥ずかしさで身体が熱くなった。

「どーでもいい」

冷たい視線でまた首筋に顔を埋められる。今度は、下着の上から円を描くように丹念に胸を揉まれた。下着の下で胸の頂が次第に硬くなっていくのがわかる。だめだ。このまま流されたら、両想いになって初めての行為がちょっと異常なものになってしまう。

それだけは避けたかった。できることなら、ちゃんと、普通に、抱いてほしい。

「良真さんだって最初は優しくしてくれたじゃないですか！　ちょっと、その、目隠しっぽいこともされたけど、でもちゃんと優しかったですよ!!　それなのに、どうしてこんなひどいこと」

「ばかか、初めて好きになった女抱くのに、普通に抱いてなんかいられるか！」

ついに感情を露わにした良真が、首筋に顔を埋めたままで言う。その言葉がうまく脳内で処理されなくて、目を何度か瞬《またた》かせた。下にちらりと視線を投げると、行為は止まったが顔の見えない良真の耳が、ほんのり赤い。

まさか。

「照れ」

「てない！」

必死の発言に、芽衣子は良真に対する愛しさが大きくなる。

「て、照れるぐらいなら普通に抱いてくれてもいいじゃないですか！」

「おまえがかわいいのが悪いんだろ⁉」

「それって責任転嫁ですよ‼」

三度目の正直とばかりに言葉での抵抗を続けた芽衣子に、好機が訪れる。良真ががばりと顔を上げ、少し赤い顔を眼前に晒したのだ。

「ひどいことしてないと、これでもかってぐらいに優しくなるんだよ‼」

「それのどこがいけないんですか！」

「菅原と比べられたら嫌だろうが！」

あまりにもかわいい理由に、芽衣子は唖然とする。歳も離れているし、常に余裕で、飄々と仕事も恋愛もこなしていると思っていただけに、このギャップがかわいかった。

芽衣子は、良真に落ち着くようにと願いをこめて話をする。

「私、良真さんを抱きしめたいの」

固まるように黙った良真を抱きしめるように、彼の首の後ろに腕を回した。顔がもっと近づいて、唇が触れそうな距離になる。お互いの吐息がぶつかって、それだけで身体に熱がこもった。

「お願い。私にも好きって伝えさせて?」

懇願とキス。腰に回る良真の腕の力は強くて、熱い。

ヘッドボードから芽衣子の身体を離して、二人で抱き合うようにキスをする。そこから良真が主導権を握るキスを贈られた。激しくて、甘くて、求めるように舌を絡めてくる。ときおり離れる唇から上手に呼吸していると、ベッドの上に押し倒された。

見下ろしてくる良真の目には、芽衣子しか映っていない。

「離して」

言われるまま、彼の首の後ろに回した両腕を自分の真上にもってきた。そこに両手を向かわせた良真は、ネクタイを器用に解いていく。

「……ごめん、そろそろ限界」

「え?」

「もう、今すぐにでも優しくしたくてたまらない」

芽衣子の返答を待たずに、我慢できなくなった良真がくちづけてくる。触れた唇は、本人が公言しているように今まで以上に優しかった。心臓をきゅっと掴まれたようなときめきに包まれる。

彼の息遣いも、吐息も感じられるゆったりとしたキスに芽衣子も少しずつ応えていった。舌先をくすぐり、吸いつく。お互いの唇が触れ合って、甘い時間を共有した。頭上から離れた手が、芽衣子の頬を滑るように撫でる。優しい手つきに、吐息がこぼれる。

「あんまり煽るな」

つぶやかれた一言も甘く聞こえてしょうがない。芽衣子は優しく触れるのがいけないんだと心の中で反論をしながら、良真に向かって解放された腕を伸ばした。綺麗な頬に触れ、良真をそっと抱きしめる。

「煽ってないけど、もっとしてって思ってる」

正直に本音を吐き出すと、胸に抱いた良真が「覚悟しろ」と答えた。胸の辺りに優しくくちづけ、その手は芽衣子の身体をなぞるように肌を撫でていった。

「ん、……はぁ」

心地いいゆったりとした愛撫に、気持ちも落ち着く。下着をずらして出された胸の頂を丁寧に舌で舐められると、さすがに燻っていた熱に火をつけられた。

「ひゃ、あ」

燃えあがるように全身を駆け抜けた快楽に、甘い声があがる。そういえば、この間良真に好き勝手されてから、燻った熱を持ち続けたままだったことに気づいた。

ぺろぺろと舌先で乳首を転がされ、唇で包むように含まれる。

「あ、あぁっ、ん。あ、あ」

いつもより優しく触れられているせいか、乳首に与えられる愛撫が電流のように身体を巡った。腰が跳ねていつも以上に声があがってしまう。

「ん、綺麗なピンク色」

ちぅちぅ。何度も吸われた乳首は誘うように色づき、てかてかと良真の唾液でいやらしい光を放っていた。見ていられない。でも、良真の愛撫に目が離せない。

「気持ちいいって顔してる」

胸元からちらりと芽衣子を見上げてきた良真に、微笑まれた。

「やっ」

「恥ずかしがらなくてもいいのに」

囁くようにつぶやき、次にその手を芽衣子の足に這わせる。太ももをなぞり、くるくると円を描くように、徐々に蜜壷に向かって進む。もどかしい手の動きに声をこらえていると、胸の頂を再び口に含まれた。今度は、反対側の乳首を。

「あ、ぁあ、んんっ」

舌でなぶられるたびに我慢できない声があがり、蜜壷に向かっていた手は下着の割れ目をゆっくりと撫でる。花芽を刺激するように上下に動かされて何度も腰が浮いた。

「あ、ん、んっ」

「もっと声出して」

乳首を咥えたまましゃべるので変に唇があたる。それが微妙な快感を生んで、身体がよけいにほてった。

「ほら、もっと」

足りないと乞うように、いや、命令するように乳首を吸い上げられる。その快感に芽衣子の我慢していた何かが外れた。

「あぁあんっ」

舌先で弄ばれた乳首がじんじんと甘い痛みを訴える。それを抱えて大きく背中がのけぞった。その直後、解放された何かを追いかけるように、さらなる快感を与えられた。

「ひゃ、ぁ、ああっ」

ずぶずぶと下着をずらして潤う蜜壷に、良真の長い指が入っていく。ゆっくりゆっくり、焦らすように。ナカを擦りあげて奥まで進む。焦らされる感覚、ほてりゆく身体が、びくびくと反応を示した。

（や、じれ……ったい）

奥までぐっと貫かれたとき、再度快感が芽衣子の身体を突き抜けた。

「ふぁ、あぁあぁあんっ」

びくんびくんと強く身体が跳ね、弛緩する。どっと疲労感に襲われた。

「はぁ……、っはぁ」

「まだ、全然締めつけてくる。ほら」

まだ収縮しているナカをかき回すように答えを求めてくる。しかし、芽衣子は喘ぐだけで言葉にならない。それを知っているのか、良真は嬉しそうな笑みを浮かべる。

「や、かきまわさ、な、あぁっ」

「もっともっとって言ってるように感じるけど？」

いたぶるようにいやらしい水音を立てながらかき回してくる良真の指に、意識が集中する。甘い吐息も喘ぎも部屋の中に響いて消えた。

「ん、もっと啼いて。かわいい声を俺だけに聞かせて」

良真の声が甘い。淫靡な水音を立ててナカを責めたてるくせに、その唇は愛しい愛しいと言うように頬、首筋、胸、鳩尾《みぞおち》へと唇を落としていく。いやらしい水音に「愛してる」の混ざる愛撫。頭の中がおかしくなりそうだった。

（や、もうなにこれ。おかしく、なる……っ）

シーツの上を滑るのにも飽きた両手で自分の顔を覆う。もう、限界だ。目の前が真っ白になる――かと思うと、動きが止まった。荒い息でそっと顔を覆っていた両手をどかすと、指が引き抜かれた。

「あんっ」

そっと芽衣子を見下ろしてくる良真の顔は満足そうに見える。

「……欲しいって、顔してる」

「らって……、ほし、い」

「ん。そうだね。俺も、芽衣子のことがすげぇ――欲しい」

耳元で囁かれた甘い言葉に全神経が持っていかれた。たまらず良真の首に抱きつくと、ぴったりと身体がくっつく。といっても、良真はまだ服を脱いでないので、服越しになるのだが。

「すぐに、埋めてあげる」

芽衣子の蕩けた身体から起き上がった良真は、手早くジャケットを脱ぎ、ワイシャツを脱ぎ捨てた。ベッドの下に落ちていく服の音を聞きながら、芽衣子は荒い吐息を整える。

燃えるように、身体が熱かった。

優しく扱われているはずなのに、与えられる快楽はすべて激しく、快楽に思考が囚われる。自分の甘い嬌声でさえ、快感を引き出す引き金になった。

「芽衣子」

名前を呼ばれ、ふと顔を上げると足の間に良真がいた。いつの間に下着を取り払われていたのだろう。ずいぶんとぼんやりしていた。先ほど避妊具をつけて、ちゃんと準備をした良真の熱が芽衣子の入り口にあたる。熱い。熱をまとったそれは、ゆっくりと芽衣子のナカを押し広げて入ってきた。

「んっ、あ、……はぁっ、ん」

少し時間が空いてもいまだ潤いを保ったままの芽衣子の蜜壷に、彼はすんなり包まれる。

「ぬるぬるだ」

「やっ、いわ、な、……いでっ」

「いやらしいなぁ。すごく、締めつけてくるよ」

抱きしめるように覆いかぶさってきた良真が、耳元にくちづけた。その間、芽衣子の背中に手を回してブラジャーのホックを簡単に外してしまう。締めつけがなくなって心もとない気持ちになったが、良真を抱きしめると安心する。

「……こら、とれないだろ?」

じゃれるように良真の首筋に頬を擦り寄せた。くすぐったいと笑う良真を、芽衣子はさらに強く抱きしめる。愛しくてたまらなかった。

「えっちな腰だな」

「え?」

「動いてる」

「うそ!」

　自然と腰が動いているときがあるのは自覚していたが、今はそんなつもりはなかっただけに驚いた。抱きしめていた良真を離すと、彼はしたり顔で笑っていた。

「嘘に、決まってんだ、ろ！」

　直後、奥を思いきり突かれてしまう。

「あぁっ、あんっ」

「突いた、……だけで、そう締めつけんなよっ」

　腰を動かし抽挿《ちゅうそう》を始める。卑猥な水音が部屋に響いて、そこに混ざるように良真の甘い声が耳に落ちた。

「芽衣子」

　名前を呼ばれるだけできゅんとする。

「……あーもー、かわいくてだめだ。いろいろだめ」

「なに、言っ、あぁん。……っはぁ、あ……ッ」

「好きだ。かわいい。かわいい。好きだ。全部伝えても伝えきれない」

　徐々に速くなる抽挿に、振り落とされないよう良真にしがみつく。しかし、良真の唇が、いっぱいいっぱいの芽衣子の頬や額、鼻の頭など顔中にくちづけて愛情を示してくるので泣きそうになった。

　じんわりと涙が滲む。その先で、愛しい男が身体で、声で愛を囁いてくる。

「あ、もっ」

「イク?」

「んっ」

「だぁめ。俺も一緒にイキたいから、もうちょっと我慢」

急に動きを止めた良真は、腰を動かした。ナカをかき回すような腰の動きに、芽衣子は背中をのけぞらせる。

「な、んか、おかしぃいい」

「イイってことだろ?」

「やんっ。あぁっ」

ナカをかき混ぜるように腰を動かし、少しずつ抽挿を開始した。焦らされることが何度も続き、次第にいろいろ我慢ができなくなってくる。良真は相変わらず余裕のある表情で芽衣子を見下ろしてきた。

「腰、止まんね」

抽挿が速くなり、奥にあたる回数が増す。こつんとあたり、何度も何度もナカを擦られた。

「あ、あ、っ」

「っあー、……そろそろ、ダメだ」

「んん、や、りょ、ま」

「ん？」

「りょう、ま、さ」

良真の顔から余裕がなくなり、抱きしめる腕の力が強くなる。止まらない抽挿。芽衣子も良真の背中に縋りつくように爪を立てた。お互いの行動で絶頂が近いことを知り、良真にキスをねだる。

「キス、して……。おね、が、あんっ」

良真の切羽詰まった顔を一瞬だけ見られた。と、思った瞬間に唇を塞がれて、思いきり最奥まで突かれた。

「ん、んんぅっ」

快感に背中をのけぞらせて良真を抱きしめる。びくんびくんと反応する身体を押さえつけるように、良真も腕の力を強くさせ、何度か腰を打ちつけた。その瞬間。目の前が真っ白に弾けた。倦怠感《けんたいかん》に埋もれる意識の中で、どくんどくん、と繋がってるところから彼の欲望を吐き出す音が伝わって、全身がけだるい幸福感に包まれる――。


「――どんな顔して出勤すればいいのかな」

お互いの処理をすませて、裸のままベッドにいるときだった。

芽衣子は良真に菅原に関することをすべて話した。そのせいで病院を辞めざるを得ない状況になったことも含めて。もちろん、そこには未熟な自分の心も原因だったことをしっかり添えて。

その上で、芽衣子は自分の不安を口にした。

「どんなって、普通でいいんじゃないか?」

腕枕してくれる良真はまるで他人事のように答える。半分、いやほとんどは良真の行動が招いた結果だと思っている芽衣子は、彼の頬を引っ張った。

「ほま、あにふんふぁよ」

「ついイラッとして」

にっこり微笑み、つまんでいる頬を離してやる。こんなことをしても、芽衣子の不安は治まりはしない。

「なんにせよ。俺は芽衣子を彼女だって公言しちゃったわけだし? そのとおり毅然とした態度でいいんじゃないか」

「……しばらくからかわれるよ?」

「まぁ、そうしたら……、俺が芽衣子を守るよ」

身体を芽衣子のほうに傾けて、良真は微笑む。

「菅原と違う方法でな」

ニヤリと口の端を吊り上げた良真の笑顔は、やっぱり悪魔のそれに似ていた。

★――――★――――★

何をしてもきっと状況は変わらない。良真の言うとおり、今の現実を受け止めて仕事をするしかないと覚悟した芽衣子は、何を言われても「良真が好き」だという気持ちだけは強く持とうとした。

そして、偽りの自分をやめる。

「あれ、芽衣子ちゃん？」

更衣室で着替え終わり、さぁこれから出勤だと気合を入れているところに、雛が入ってくる。聞けば、夜勤がおしてこれから帰宅らしい。

「雛さん、お疲れさまです」

「……う、ん。眼鏡、なくても平気なの？」

「はい。あれ、伊達眼鏡なんで……」

小さく笑うと、雛は何かを察した笑顔で返した。

「なるほど。もう、いろいろと隠すことはなくなったとみた」

「えー、あー、その。いろいろと、その節はお世話になりました。無事に、……えと、まぁ、大団円、です」

「各務先生と？」

雛にからかわれるように名前を出されて、ばか正直に顔が赤くなった。

「うふふ。かーわいっ」

「か、からかわないでくださいっ」

「まぁでも無事に落ち着いてよかったわー。これでいろいろ落ち着いてくれるのね」

「……なんのことでしょう、か……？」

しかし、雛は答えることもなく「早く病棟に行ってごらんなさい」としたり顔で微笑むだけだった。首をかしげながらも雛と別れ、芽衣子はまず栄養部に向かう。そこで必要な資料を手にして、今日も機嫌のいい相葉と一緒に担当する三階へ。

「いやー、雛から聞いてたけど、結構イメージ変わるのね」

「そうですか？　あんまり変わらないと思いますけど……」

「……ま、独身男性の反応が楽しみだわ、これは」

小さくつぶやいてくすくす笑った相葉に、芽衣子はまた首をかしげた。今日は首をかしげることしかしてない。三階に上がり、緊張の面持ちでどんなやっかみを言われるのかと覚悟した直後――。

「若宮さん!!」

数人の看護師に取り囲まれた。

「はぃぃいっ⁉」

いつもの信号機トリオではなく、他の看護師だったせいか驚きも大きい。相葉はニヤニヤして「先に回ってるからねー」と言い残して芽衣子だけが取り残された。芽衣子は何もしていないはずだ。だが良真と付き合っているのを彼女たちが言いふらしていれば、恨み言のひとつやふたつ、言ってくるのかもしれないだろう。どうして囲まれたのかわからないが、いろいろと覚悟して彼女たちの言葉を待った。

「どうやったの⁉」

声を揃えた彼女たちの言葉に、今日何度目かの首をかしげた。

「なに、を、ですか……?」

「赤木《あかぎ》さん、青井《あおい》さん、金田《かねだ》さんの三人に!」

このとき初めて信号機トリオの名前を知ったなぁ、などとぼんやり考えていた芽衣子の身体を、周囲の看護師が一斉に信号機トリオのほうへ向かせる。

「え⁉」

その先にいたのは、せっせと患者のケアにあたっている三人だった。いつもと違い三人で仕事をするわけでもなく、一人はナースステーションでカルテの整理をしたり、もう一人は車椅子を押してリハビリ室へ行き、——言動からいろいろと心配していた黄色、金田は自然な笑顔で、バイタルをとっていた。

「ね!?」

(あ、つまずいた)

そんな一斉に言われても。と、正直思ったが、確かにこれは異様な光景だ。いつも取り繕うように仕事をしていた三人が、率先して他の看護師たちの分まで仕事をしているということなのだから。

「……すごい、ですね」

「すごいなんてもんじゃないわよ。しっかり仕事してくれるから何が起きたのかと思って」

「これがすぐに終わったら私たち困るもの」

「ねぇ、いったい何があったのか知ってる?」

それをどうして芽衣子に訊くのか甚だ疑問に思ったが、口には出さないでおくことにした。きっと雛の訳知り顔は、こういうところなのだろう。もしかして、雛が何か言ったのかもしれない。

「……私は何も知りません」

嘘はついてない、本当だ。正直に答える芽衣子に、取り囲んでいた看護師たちは皆一様に「そっかぁ」と諦め、早々に仕事に戻っていった。やはりあの信号機トリオとは動きも気持ちの切り替えの速さも全然違う。芽衣子も気持ちを切り替えて、仕事にさっさと戻ろうと病室に向かった。

「あっれ、……若宮、さん？」

「新城先生！」

廊下の角を曲がってきた新城に笑顔で近寄る。彼の表情は驚きに染まっていた。

「いやー。変わったね」

「眼鏡外しただけですけど……？」

「うん、それもそうなんだけど、なんていうか雰囲気とか」

やわらかい雰囲気の新城にそう言ってもらえると、芽衣子も嬉しかった。ありがとうございます、と素直に礼を述べる。

「それじゃ、失礼します！」

頭を下げて、その場をあとにしようとした瞬間、新城にこっそり耳打ちされた。

「……まぁ、あれだね。各務ってああ見えてわりと嫉妬深いから気をつけて」

「え⁉」

「まとまったんだろ？　なんか、各務の機嫌がすごくいいから、そうなのかなって思っただけなんだけど……。あれ、違うの？」

「……さ、さぁ？　私にはわかりかねます、が……」

「ふぅん。そっ。じゃ、そういうことにしといてあげるね」

肩を二度叩かれて非常階段のほうに消える新城の背中を眺め、芽衣子はどの外科医も観察眼だけは鋭いのか、それとも良真がただわかりやすいだけなのか、しばし悩む。もし後者だったならば、自分はどれだけ鈍感なのだろう。軽くへこむレベルだ。

「こんなことしてる暇ないない！」

再び歩き出した芽衣子は、廊下の曲がり角でまた誰かにぶつかりそうになった。慌てて謝ろうと相手の顔を見ると、それは金田で、敵意のまなざしを向けられる。しかしそれに怯まず、芽衣子は彼女の腕を引っ摑んで廊下の隅に寄せると小声で囁いた。

「なんで、各務先生と私のこと、言いふらさなかったの？」

「……職務怠慢でさらに噂流すなんて、自分の株落とすようなことしたくなかったからよ」

悪い!?　最後にはつっかかるような一言も聞こえたが、そういうことならと微笑んだ。

「悪くない。じゃあ良真が欲しいならいつでも受けてたちますから」

はっきり言い放った言葉に金田は一瞬怯んだが、負けてられるかと気持ちを前に出す。

「仕事だって負けないんだから！　ていうか、私だってやればちゃんとできる……、はず、なんだから」

「そこは自信持ちましょうよ。私は管理栄養士、あなたは看護師。できる仕事の幅が違うんですから」

芽衣子の言葉に励まされたのか、金田の顔が一瞬にしてぱぁっと明るくなった。その変わりようが素直で、芽衣子も思わず口元でふふふと笑う。

「それじゃ、お互いに全力で仕事しましょう」

「の、望むところよ！」

仕事に戻った金田の背中が、ほんの少しだけ頼もしく見えた。

相葉の呼ぶ声が聞こえる。そこは本多のいる病室で、芽衣子は本多にもいろいろ話をしないといけないなぁなどと思いながら、病室に向かった。

「若宮ちゃーん、ちょっとこっちきてー」

偽りの自分なんて、最初からいらない。今の自分で仕事も恋も勝負することが大事だということを、今回のことで学んだ。

病棟のモニタリングが終わり、電子カルテに入力するべくいつものように非常階段に向かった芽衣子は、急に後ろから抱きしめられた。ひんやりとした空気が熱くなる身体を冷やす。背後から腹部に回された見慣れた腕に、相手の名前を呼んだ。

「各務先生、勤務時間中ですよ？」

「知ってる」

くすくすと笑う芽衣子に、各務良真が飄々と答える。職場で会うのは今日が初めてで緊張するだろうなと思っていたが、案外すんなり彼の触れ合いを受け入れることができた。とはいえ、勤務中にこういうことをするのは、よくない。少し気恥ずかしいが、芽衣子は良真の腕の中からそっと抜け出した。

「知っててやるなんて、いけない人ですね」

「今は二人きりなんだから、良真って呼んでよ」

こういうときは、頑として言うことを聞かないのを知っている芽衣子は、良真の耳元で彼の名前を囁いた。

「ん。満足」

そして、良真はかわいい恋人をぎゅうっと抱きしめる。せっかく甘い檻《おり》から抜け出したのに、また囚われたら意味がない。

「こら。仕事に戻りますよ」

「はいはい」

咎める芽衣子の声に、良真は抱きしめていた両手を解いて腕をあげた。降参のポーズで、芽衣子を見下ろす。

「じゃあね」

「ん」

芽衣子が背中を見せた瞬間、名前とともに再び背中を引かれる。

「今夜、かわいがるから」

耳元で囁かれた悪魔の声に、背中がぞくりと粟立った。

「……あれだけしたのに？」

呆れるような芽衣子の頬に「足りない」と囁いて、良真はくちづける。

「もっと愛したいから、今夜は逃がさないよ？」

乞うような囁きに、芽衣子はとんでもない人に捕まってしまったのかもしれない、と心を縛る幸せに身を委ねた。


後日、槻野辺病院では、いつもより独身医師や患者に声をかけられる芽衣子を見かける姿が多くなり、良真がガラにもなく心配性になったとか、ならないとか？

番外編

おいしそうだね?

背後から、唐突に名前を呼ばれて、芽衣子《めいこ》は振り返った。

「――若宮《わかみや》さん」

「あ、室井《むろい》先生！」

職員通用口に向かっている途中だった芽衣子を呼び止めたのは、外科医の室井雅弘《まさひろ》だ。滅多なことでは表情を崩さない、鉄壁の無表情を武器に仕事をし、患者には笑顔しか見せないという徹底ぶり。それでもめげない女性スタッフは、その患者へ向ける笑顔見たさに、ソーシャルアプリケーションで室井ネットワークなるグループを密かに作っている――のだが、院内はプライベートの携帯の持ち込みが禁止されているため、リアルタイムで情報を取得することができず、衰退の一途を辿っているらしい。そういう話を、つい最近雛から聞いたばかりだった。

芽衣子自身も、室井が隙を見せているところは見たことがない。どこか摑みどころのない男性なのだが、妙に良真《りょうま》と親しいこともあって、こうして誰もいない時間を狙って、あまり周囲に気づかれない程度に会話をする機会が増えた。どうやら、彼には自分たちの関係を良真が話しているらしい。ときどき、良真の忘れ物を彼から受け取ることがある。

今日もまた、良真の忘れ物かと思って、近づいてきた室井に微笑む。

「なんでしょう？」

「これ」

そう言って室井が差し出してきたのは、芽衣子のボールペンだった。仕事用に使うため、自分のものだとわかるように〝若宮〟というはんこを捺《お》した紙をセロテープで巻きつけていたので、間違いない。そういえば、先日良真に貸したことを思い出した。それを、どうして室井が持っているのか不思議で、思わず彼を見つめる。

「今朝、当直の良真さんと入れ違いになったあと、さっきのペンをデスクで発見しまして……。慌てて追いかけたんですが、その頃にはもう姿が見えなかったんです。さすがにこれはまずいと思って、若宮さんの仕事が終わるまで俺が預かってました」

確かに、良真がこれみよがしに芽衣子の所有物を持っているのがわかってしまうのは、よくない。というのも、付き合い始めてから数ヶ月――、周囲にばれないように二人は気を遣っていた。院内では必要最低限しか声をかけないよう決めているし、仕事優先、というスタンスはお互いに一緒だったからだ。ときどき、こういった物の貸し借りをする程度には、職場恋愛というものを楽しんでいるぐらいで。

室井が気を利かせてくれなかったら、どうなっていたかしれない。ぞっとする思いを胸に、芽衣子は笑顔で差し出されたペンを受け取った。

「あ、ありがとうございます！　本当にありがとうございます!!」

小声で、これでもないぐらいに頭を何度も下げた。それほど、室井のとってくれた行動は、今後の芽衣子と良真を助けてくれるものだった。

「ああ、いえ。俺は預かっただけですから」

それでも、芽衣子の穏やかな生活を守ってくれたことに変わりはない。気にしなくて大丈夫だと言う室井に、芽衣子は深々と頭を下げてもう一度お礼を言った。再び、顔を上げた芽衣子に「それとは別に」と逡巡した表情を見せる室井が口を開く。

「……今日の良真さん、ちょっと気もそぞろだったって、同じ当直をしていた新城先生も言ってました」

「え……？」

「俺も、今朝良真さんと入れ違いになったとき、なんかいつもより落ち着きがないように感じたので、おかしいなって思いました。そのときは、当直明けですぐにでも寝たいのかなって思ってたんですけど……、ちょっと心配で」

彼の言うように、良真にしては今日のように〝芽衣子が特定されそうになる物〟を忘れたことはなかった。いくら眠かったとしても、だ。それだけ、良真も芽衣子以上に気を遣っていたのを知っている。そんな彼が、こんな忘れ物をするということは、よっぽどのことでもあったのだろうか。

「もしかしたら、ここ最近、休みがなかったから、疲れているだけかもしれません。良真さんに、休みの日ぐらいゆっくり休むように伝えてくださいね」

「わかりました。それとなーく伝えてみます」

「それから、若宮さんも休めるときに休んでください。ここだけの話、俺の彼女いろいろ我慢して急性虫垂炎になったことがあるんで、がんばりすぎる人を見ると心配になります」

苦笑を漏らす室井の表情に、良真だけでなく芽衣子への心配も窺えて、胸がいっぱいになった。

「重ね重ね、ありがとうございます」

「それじゃ、良真さんによろしくお伝えください」

「はい」

時計を確認した室井は、会釈をして白衣を翻した。そんな凜とした室井の背中を眺めながら、ぽつりと呟く。

「やっぱり、彼女いたんだ」

彼女がいる態度を微塵も見せず、周囲の女性にも誤解を与えない、良真とは真逆の室井に、尊敬の念を抱いた。

それから、芽衣子は病院を出て、最寄り駅から電車に乗り込んだ。

金曜夕方の帰宅ラッシュは、これから呑みに行くサラリーマンやOLだけでなく、学校帰りの学生たちでごった返している。これももう慣れたもので、窮屈な人と人との間で揺られながら、芽衣子は今夜の献立を頭の中で考えていた。

先日、大レシピ交換会を開き、好評だった料理を思い浮かべる。以前、雛《ひな》と相葉《あいば》と芽衣子の三人でやったレシピ交換会は大成功を収め、以来、定期的に行うようになっていた。開催する毎《ごと》に人数も多くなり、栄養部だけでなく料理がうまくなりたいという独身看護師のほうが多いくらいに発展。また、そこがいい繋がりの場にもなっていた。雛も相葉も大喜びで、毎回趣向を凝らして企画、主催を継続してやっている。もちろん、芽衣子も補助という形で手伝っていた。

前回は、――男が喜ぶ和食の家庭料理。

付き合い始めて知ったのだが、良真はおしゃれなイタリアンやフレンチよりも、和食のほうが好きらしい。モトカレの菅原が、和食よりも洋食派だったこともあり、芽衣子はこれ幸いにと、料理を教えてもらった。

その中の献立をいくつか思い浮かべて、買い物レシピを脳内でまとめている間に、目的の駅で吐き出されるようにして電車を降りた。通り雨でもあったのだろうか、湿気で頬に髪が張り付く。六月の天気はまだまだ不安定だった。

――良真と付き合ってから、四ヶ月。

周囲にいる一部の協力を得て内緒にしながらも、良真との良好な関係を築いていた。こうして、当直明けの彼のために買い物をし、部屋に合鍵で入り、夕食を作るぐらいには、順調だ。ある程度こまめに芽衣子が良真の部屋にきている分、汚部屋になることもなく、彼も綺麗な生活を送っていた。ときおり、言葉のすれ違いから喧嘩じみたことをすることもあるが、付き合っている以上必要な衝突だと思っている。芽衣子自身も特に不満はない。が、室井の気のせいでもなく、最近の良真はどこかおかしかった。

「…………いない、よね？」

当直明けの日は、夕方まで寝ていることが多い。寝ているときに電話すると、緊急連絡と間違えてしまうし、何より起こすのも申し訳ない。そんな理由から、あらかじめ約束をしている日以外は、あえて連絡をしないことにしている。今日は、良真を驚かせたいがために、彼に予定があって外出しているのを知っていて、黙って部屋にきた。本当にだめな日以外は、ある程度自由にこの部屋に出入りしていい許可を彼からもらっているからだ。

中二階の寝室に彼がいないことを確認した芽衣子は、気合を入れて腕まくりをした。

★――――★――――★

「よっし、あとは……っと」

完成に近づいていく今日の〝メイン〟を前にして、芽衣子は浮き足立っていた。自分のためには作らなくとも、人のために作るのが夢だったものだ。にやにやが止まらない。しまらない顔で最後の仕上げをしている芽衣子に、唐突にそれはやってきた。

「何してんの？」

真横、つまりリビングのドアから聞こえてきた声に、その場で固まる。錆《さ》びついたブリキのおもちゃのようにぎこちなく首を動かし、確認しなくてもわかる声の主を見た。

「今日、予定があるって言ったよな、俺」

「うん、聞いた！」

ドアの前で小首を傾げる良真に、芽衣子は咄嗟に作業していた手を止めて、それをうまく自分の身体で隠す。不自然な体勢になった芽衣子を訝《いぶか》しげに見た良真が、したり顔で近づいてきた。それ以上近づいてこられると、身長差で背後を覗かれてしまう。彼の気を逸らすべく、芽衣子は良真の頬を両手で挟むと、自分のほうへ向けた。

「良真さん、おかえりなさい！」

「ああ、ただいま。で、おまえは何をそうわかりやすい隠し事をしてるの？」

これで視界が固定できると思ったのだが、そう簡単に良真を騙すことはできなかった。そもそも、彼を騙したくても詰めが甘くて最初から騙せないというのが、芽衣子なのだけれど。

「めーいーこ？」

笑みを浮かべたまま何も答えない芽衣子に良真は焦れたのだろう、ひとつ息を吐き出してから、芽衣子の腰の後ろに手を回した。

「ひゃ……っ!!」

ぐっと腰を引き寄せられ、良真の腕の中に誘い込まれる。――すると、良真から芽衣子の背後は丸見えになった。

「――ケーキ？」

先ほどまで作業をし、不自然なまでに隠そうとした〝それ〟を、良真はいとも簡単に口に出した。生クリームのナッペが練習時よりも思いのほか綺麗に終わり、あとは簡単にいちごでデコレーションをすれば完成するはずだったのだ。あともうちょっとというところで良真が帰ってさえこなければ、無事にサプライズが成功したというのに。

ちょっと残念な気持ちになりながらも、彼に帰宅時間を訊いていなかった自分の詰めの甘さを呪い、芽衣子は隠すことを諦めた。

「……シフォンケーキなの」

「芽衣子がうちでケーキ作るなんて、珍しいな。ああ、そうか。レシピ交換会の次回のテーマがお菓子なのか？」

良真の声に、芽衣子は思い切り腕を突っぱねて彼を見上げる。

「誕生日！」

「…………は？」

たっぷりととった間に、良真が理解していないことを知った芽衣子は、頰を染めてサプライズにしたかった理由を言う。

「明日、良真さんの誕生日!!」

だから、通勤時には絶対に着ないワンピースを着ているのだ。

ローウエストで切り替わるピンクと黒のバイカラーのワンピース。裾も広がっており、リボンがついていて後ろ姿もかわいいやつを、この日のためにわざわざ買った。人目にもつかないよう、すっぽりと隠せるような色気のないスプリングコートでカモフラージュしてきたというのに、彼はいつもと違う芽衣子の格好に気づいてすらいない様子だ。

「…………え?」

目を丸くしたまま、今度は良真がその場に固まった。芽衣子は恥ずかしい気持ちをこらえながら、頬を染めてほんの少し唇を尖らせる。

「ほ、本当は、当日にお祝いしたかったんだけど……、せっかくなら一緒に良真さんの誕生日を迎えたかったの。それに、良真さんと付き合って初めてのイベントだったし……」

以前、告白される前に〝普通のデート〟をしたことがない、と言っていた良真の言葉を覚えていて、せっかくなら芽衣子が無理なく出来て、良真が喜んでくれるだろうことをやろうと心に決めていたのだった。

「こういうの、喜ぶかなって、思って……。だから、その、内緒でちょっと張り切っちゃっただけなの。…………ごめん、もしかして迷惑……だった?」

芽衣子は喜ぶだろうと思ってやったことでも、良真が迷惑だったらどうしようかと、今になって不安になる。様子を窺うように下から覗き込むと、呆けている良真と目が合う。その直後。

「……ッ!!」

彼は口元を手で覆い隠して、横を向いてしまった。かと思うと、すぐにもう片方の腕に腰を抱き寄せられてしまう。このままでは、彼の顔を見ることすらできない。

「ちょ、ちょっと良真さん……!?」

「なんで俺でさえ覚えてなかった誕生日を、芽衣子が知ってるの……!」

「この間、病棟の看護師さんから聞いたけど?」

情報提供者は芽衣子よりもうっかりで残念な信号機トリオの一人、金田だ。

一週間ほど前、自信満々に『来週の各務先生の誕生日、覚えてなさいよ!』という不思議な宣戦布告をもらい、周囲の看護師に訊きこみをすること数秒、各務良真の誕生日が判明したというわけだった。時期を教えてくれた金田には感謝している。

「……それで、うちにきたってわけか」

ため息混じりに言われて、やはり迷惑だったのだろうかと不安がよぎった。

「ごめん……。やっぱり迷惑——ッ」

ぎゅっと良真から抱きしめられて、息が詰まる。話を遮られてしまった芽衣子だったが、良真の次の発言で、今度は時間を止められることになる。

「俺、死にそう」

言われた言葉の意味がわからない。表情が見えないから、余計だ。

「え、……あの、良真さん……？」

「俺の誕生日を一緒に迎えたくて、俺のために俺の好物ばっかり作ってくれて、しかもケーキまで手作りで……、なんかそういう〝普通〟なこと、俺、結構馬鹿にしてたんだけど……、こんなに嬉しいとは思わなかった」

耳に落ちる良真のかすれた声に、胸が締めつけられる。迷惑ではなかったことにほっとするよりも、サプライズは失敗してしまったけれど、喜んでくれたことがすごく嬉しかった。少しずつ、良真のいないときに必要な道具をキッチンに持ってきたかいがあった。

すがるように抱きしめてくる良真の背中を、芽衣子もまた抱きしめようと腕を回そうとしたのだが、すぐに良真によって身体が離される。

「ひどいなぁ、芽衣子は。……俺をいとも簡単に、こんな気持ちにさせて」

苦笑を浮かべる良真に、首をかしげる。

「こんな気持ち……？」

「俺を幸せにした責任、今すぐとって」

もう我慢出来ない、と言わんばかりに、唇を塞がれた。

「んん……ッ!?」

押し付けてきた唇は、いつものように芽衣子の唇を食むようになぞっていく。しかし、それはいつもより性急ではなかった。どこか甘いシフォンケーキを食べるように、大事に芽衣子の唇を味わっていた。

「ん、ぅ……、良真……、さん?」

両頬を彼の大きな手に挟まれて、彼を見上げる。良真は生クリームが溶けたような、とろりとした笑みを浮かべて、再び芽衣子にキスをせがむ。唇が触れ合うだけのキスが続き、それが深くなると同時に、背後でしゅるりと何かが解ける音がした。しかしそんなことは甘いキスの前では瑣末《さまつ》なことで、芽衣子はいつもより甘くて優しい良真のキスにうっとりと身を任せていた。

「もう気持ちいいの?」

唇をつけたまま、囁く彼の声はどこか甘い。甘やかされているような気持ちになる。そんな惚けている芽衣子を、良真は軽く持ち上げてダイニングテーブルの上に座らせた。まだ配膳する前で良かった、などと考えながら、目線を合わせてくる良真を見つめる。

彼は、生贄《いけにえ》を待っていた悪魔のように恍惚とした表情を浮かべていた。

「芽衣子をちょうだい」

良真はそう言うと、再び唇を塞いでくる。唇から広がる甘い微熱に酔いしれながら、舌を絡めていった。

「ん……、ぅん、んん……ッ⁉」

良真が優しく芽衣子の肩を下になぞり下ろすと、一緒になってワンピースも落ちていく。驚きに声をあげる芽衣子など知らないといった様子で、今度は背中のホックを外した。ぷち、という音とともに、胸の締めつけがなくなり、心もとない気持ちになる。恥ずかしくて、思わず唇を離してしまった。

「ちょ、……良真さん……っ!!」

「今日の下着、見たことないけど新調したの？」

――俺のために。

彼の意地悪な瞳は、そう告げていた。あまりにも彼の言うとおりで、芽衣子は頬を染めることしかできない。それを肯定と受け取った良真は嬉しそうに、胸元を押さえる芽衣子から器用にブラジャーを取り上げた。

「やぁ……ッ!!」

キッチンのダイニングテーブルの上に座らされてるだけでもいけない気持ちになるというのに、さらに上半身を裸にされてしまったら、さらに背徳的な気分になる。

「芽衣子の白い肌が、ピンクに染まってるね。そんなに恥ずかしいんだ？」

意地悪な微笑みを浮かべる良真が、そっと指先で肩から腕にかけてを撫でてくる。つつつ、という指先の熱が芽衣子の身体をほんのり火照らせた。

「こんなに明るいところじゃ、恥ずかしい……。ね、お願いだからベッドに行こ？」

「んー、芽衣子から誘ってもらえるのはすごく嬉しいんだけれど、悪いな。ベッドまで待てそうにない」

言いながら、良真は芽衣子の肩に顔を埋める。舌先で肌をなぞられると、腰骨のあたりがむずむずした。肩を震わせる芽衣子の両腕から、ほんの少し力が緩んだ刹那、彼の手が器用に腕の間から入り込む。

「ひゃ……、あ……っ」

熱を持った彼の手のひらにそっと胸を覆われて、背中がのけぞった。彼の指先はやんわりと芽衣子の胸に埋められて、やわやわと揉み込んだ。

「ん、んんぅ……、っはぁ、あぁ……っ」

艶を帯び始める芽衣子の声がキッチンに響いていた。もう腕で胸を隠す必要がなくなったせいか、次第に快楽に思考が侵され始める。今度は快楽の奔流に流されないよう、芽衣子は良真にしがみつくことしかできなかった。

「あぁ。いい声。……あ、せっかくだから、もっとおいしく味わおうかな」

何か嫌な予感が頭をよぎった瞬間——、良真が顔を上げる。その手には、先ほどまで芽衣子が手にしていた銀のボウルがあった。

「りょ、良真さん……？」

そして、彼は悪魔のような微笑みを浮かべる。

「だから、俺の前でそんなに怯えた顔したらだめだって。……そそられるだろ」

声のトーンがひとつ落ちて、そこに艶が帯びる。良真は、ボウルの中に指をつっこんで生クリームを掬うと、自分の唇に運んだ。いやらしい舌先で指先の生クリームを舐める。その姿に、心臓がきゅっと締めつけられた。

「……ん、程よく甘い」

妖艶に微笑んだ良真が、もう一度生クリームを指先で掬う。それを、今度は芽衣子の口元に持っていった。芽衣子がおずおずと舌先で生クリームを舐めとろうとした直後、彼の指先が意地悪く動いた。

「ひゃ、あ……っ」

いきなり、胸に冷たい感触がして肩が跳ねる。良真の指先にあったはずの生クリームが、芽衣子の胸元に落ちていた。ニヤリ、と悪魔のような微笑みを浮かべた良真が、今度はもう少し多めに生クリームを芽衣子の胸元に塗りたくった。

「え、あ」

「芽衣子、おいしそう」

ボウルをテーブルの上に置いた良真が、自分の指先についた生クリームを舐めとりながら言う。その目に、情欲の炎を浮かべて。

「いただきます」

にっこり微笑んだ良真が、下から持ち上げるようにして、生クリームで覆われた胸に唇を寄せた。

「……ッ、あぁ……!!」

ぬるぬるとした生クリームの感触が、彼の舌先から伝わってきて、いつもと違う快感を連れてくる。丁寧に舐めとる良真の舌が、芽衣子のつんと勃っている乳首に触れると、甘い痺れが走った。びくびくと何度も身体を震わせて、その快感に耐える。それでも、良真は生クリームを舐めとる行為を止めようとはしなかった。

「芽衣子の乳首、おいしいよ」

ぴちゃぴちゃという淫靡な音とともに、欲望に染まる良真のいやらしい言葉が、芽衣子の下腹部を刺激した。恥ずかしさに、奥で燻った熱から何かが溢れだすのを感じる。

「やぁ……、あ、あぁん……ッ」

舌先で乳首を扱《しご》かれ、かと思うと絡めて吸いあげられる。身体を突き抜ける快感を何度も感じ、芽衣子の意識はすっかり快楽に溺《おぼ》れていた。

「……ん、……ああ、もう俺、我慢できそうにないかも」

綺麗に生クリームを舐めとった良真が、顔を上げて口元を拭う。すでに快楽に蕩けきった顔をしている芽衣子は、なされるがままだ。荒い呼吸を繰り返し、黒のテーラードジャケットを脱ぎ捨てる良真を見つめる。彼の口元には、いつの間に財布から取り出したのだろう、避妊具が咥えられていた。

「良真さん……？」

「さすがにここじゃまずいから、ソファでしよっか」

微笑む良真にダイニングテーブルから下ろされ、その拍子に腰にひっかかっていたワンピースが床に落ちる。良真は惚ける芽衣子の背中と膝裏に手を回して、抱き上げた。こうしてお姫さま抱っこをされるのは何度目だろう。ぼんやりそんなことを考えている間に、リビングのソファに寝かせられる。良真は窓から見える夜景を背に、VネックのTシャツを脱いだ。医者とは思えないほど引き締まった身体を見上げて、息を呑む。

色気のある首筋、浮き出た鎖骨、細いのにがっしりとした胸元、美しい彼の上半身を眺めて感嘆の吐息が漏れた。

「そんな目で見るなんて、誘ってる？」

くすくすと笑いながら、ベルトに手をかけた良真が準備をしていく。芽衣子は首を横に振りかけたが、素直にこくりと頷いた。

「ん？」

「早く、良真さんをぎゅってしたい」

気持ちを素直に伝えた芽衣子を見下ろした良真が、困ったようにソファに腰を下ろす。

「……今日の芽衣子は、どうしてこんなに俺の心を揺さぶってくるの。たまんないんだけど」

どうたまらないのかわからないが、惚けている芽衣子の下着を取り払い、準備を終えた良真が蜜口にあてがわれる。いつもより熱い彼を感じて、早く、とねだるように、良真の首の後ろに腕を回した。

「本当は……、今日言う予定じゃなかったんだけど……」

彼の熱が徐々に芽衣子のナカへと入ってくる。すでに彼の形になっているそこは、良真の熱をゆっくりと、しかし確実に奥へと誘った。

「……芽衣子が、俺の予定を狂わせたんだから、な……っ」

ぐぐっと最奥まで彼の熱が届く。甘い痺れが快楽とともに、芽衣子の身体を駆け抜けた。

「んん……ッ」

繋がったまま、良真が芽衣子のことをぎゅっと抱きしめるように落ちてくる。お互いの体温が伝わって、触れるところから感じる甘い微熱が心地いい。

「芽衣子のすべてが、欲しい」

耳元で囁かれた声が、乞うように告げた。キラキラと光る小さなシャンデリアの、あたたかなオレンジの光が降り注ぐようだった。

「……俺の、幸せな気持ち受け取ってくれる？」

そう言った彼は、上半身を起こして芽衣子の左手を取った。そして、薬指の根本にそっとくちづける。その指の意味を考える前に、良真の唇に塞がれた。

「んぅ……ッ」

一際甘いキスをされながら、ゆるゆると腰を動かされて、燻った快感に火がつく。肉壁をこするような動きは緩慢だけれど、彼の質量が増しているせいかいつもよりおかしいぐらいに感じてしまう。

「ん、んぅ、ふぅ……ッ、あ、りょうま……んんっ」

芽衣子のすべてを自分のモノにしようとしているのか、吐息でさえも許してくれなかった。うまく呼吸ができず、ゆるゆるとした抽挿に自然と腰が動く。

「……っは、からみついてきて……、かわいい」

甘い笑顔と声に、今まで以上に甘やかされている気がする。

良真への愛しい気持ちで胸がいっぱいになると、視界が霞み始めてきた。シャンデリアのオレンジの光が、波間に揺れる燈籠《とうろう》のように綺麗に見える。

良真への溢れた想いは、まなじりからこぼれ落ちた。

「……芽衣子？」

心配そうに見下ろしてくる良真に、芽衣子は微笑む。

「幸せでも、泣けちゃうんだね」

ほろほろ。言っている間に、もう数滴、涙が肌を伝って落ちる。えへへ、と笑った芽衣子に、良真の目に何かを堪えたような色が見えた。

「……ばか、我慢できなくなるだろ……ッ」

そこから先は、お互いの言葉なんて必要なかった。

触れ合う肌から伝わってくる〝愛してる〟に、彼を抱きしめることで応える。

お互いの吐息が混ざり合い、心も重ねあわせていくと、同時に絶頂も見えてきた。それはとても甘美で、今まで以上に幸せな未来を芽衣子に見せてくれた――。

情事が終わったあと、芽衣子と良真は中二階にある浴室にいた。湯を張ったバスタブで、良真に後ろから抱きしめられるようにして一緒に入っていた。

「――芽衣子、手出して」

水音の響く浴室内に、良真の声が響く。芽衣子は、悩んだ末に両手を湯から上げた。後ろにいる良真が、くくっと笑ってから芽衣子の左腕をなぞるように左手を這わせる。いやらしく触られているわけではないのに、なぜか肌に快感が走った。びくっと肩を震わせた芽衣子が、次に目を開けると――。

「俺の、人生最大の本気」

嬉しそうに呟いた良真の声が耳元で聞こえ、目の前の光景に息を呑む。

「——俺と、結婚して」

芽衣子の左手から仕事を終えて離れていく彼の手に、後ろからぎゅっと抱きしめられる。信じられなくて、何度もまばたきをするのだが、浴室内のライトに照らされたそれは、輝かしい光沢を放っていた。

「本当は、芽衣子の誕生日にいいホテルのいい部屋でもとって、そこでプロポーズしようと思ってたんだ。それなのにずるいよなぁ。俺が指輪を取りに行った日に、芽衣子がかわいいことするから……、俺、我慢できなくなっちゃっただろ」

照れたように語る良真は、きっと恥ずかしいのだろう、いつもより饒舌《じょうぜつ》だった。芽衣子はその話を聞きながら、自分の手元で光るダイヤの指輪から目が離せない。

「ちなみにそれ、返品不可だから」

湯気の中で光るダイヤの指輪の感触に、ようやく実感がわいてきたのか、芽衣子は振り向いて良真を思い切り抱きしめる。バスタブから溢れる湯が、その勢いを語っていた。

「……死にそう」

「だろう。……俺も、さっきそれぐらい、幸せで死にそうだった」

首筋に顔を埋める芽衣子の背中を抱きしめる良真が、笑いながら言う。芽衣子は泣くのをこらえながら、首を何度も縦に振った。そして、顔を見合わせてくしゃくしゃにして笑い合う。

互いの額をこつりと重ね合わせて、幸せで唇が綻ぶ。

ひとしきり、そうして幸せを噛み締めていた芽衣子に、良真がふと何かを思い出したように問いかけてきた。

「そういえば、芽衣子の誕生日っていつなんだ？」

「え？」

「プロポーズは芽衣子の誕生日、って俺が勝手に決めてただけで、本当は今日誕生日を訊こうと思ってたんだよ。……いろいろ計画は狂ったけどな」

だから、教えて。——そう言う良真に、芽衣子は笑顔で答えた。

「もう、過ぎたよ？」

芽衣子の誕生日は二月十四日のバレンタインデー。本人ですらイベントと一緒になって忘れているという日にちで、しかもその頃はまだ良真との関係は恋人同士ではなかった。

さして気にしていないというふうに微笑む芽衣子に、良真の幸せに満ちた笑顔が、邪悪な笑みへと変わっていく。すっかり悪魔のような微笑みに変わった良真から「もっと早く言えよ」と言われ〝おしおき〟と称して、芽衣子は浴室でいやらしいことをされてしまうことになる——。

「俺の気がすむまで、逃がさないよ？」

あとがき

初めましての方もそうでない方もこんにちは。伽月《かづき》るーこと申します。

このたびは、本書『逃がさないよ？　ケダモノ外科医、恋を知る』をお手にとってくださり、ありがとうございます。

今作は、舞台を会社から病院に移しての、職場恋愛！　いかがでしたでしょうか？

病院設定のお話は以前書いていたこともあってある程度イメージができたのですが、管理栄養士という職業に関しては完全に未知の世界でした。しかし、女神っているもんですね！　身内に病院勤務の管理栄養士がいまして！　がっつり取材をさせていただきました。

新しい職業を知るっていうのもまた、楽しいものですね。

さてさて、病院繋がりでもうひとつ。

本書の書籍化作業をしている最中に、腱鞘炎《けんしょうえん》がひどくなりまして……。前職もＰＣを使う仕事をしていたせいか、もう癖になってるんですよね。いつものことのように両手首に激痛が走り、これで必殺技が出せるぜ！　なんて思ってたら、本当になりました。

ガングリオン。——ね、必殺技、出せそうでしょ？

右手首にこぶみたいなのができて（私は骨だと思ってました）、でも病院行けなくて一ヶ月せっせと育みました。で、病院行って、レントゲン撮って、ああなんか卑猥だなぁなんて考えながらふっとい注射でこぶの中身を抜いてもらったんですが……。

「はい、じゃあ針刺すよー」（※部分麻酔済み）

「どうぞーって、いったぁ……ッ!!」

「ええ!?」

大事なことなので二度言いますが、部分麻酔済みです。全然効いておりませんでした。医師のうろたえっぷりに笑いを堪えるのに必死で、麻酔が効いたのは支払いが済んでロキソニンテープをもらいに薬局へ自転車を押して歩いている最中です。あまりにも自分の身体が鈍感すぎて、笑いが止まりませんでしたよ！　そんな、私の初めてのガングリオン！

——こほん、それでは最後に。

素晴らしいイラストで今作を彩ってくださいました壱也《いちや》さま！　本当に、本当にありがとうございます！　ふたりのキャラデザがきた瞬間の私のにやけ顔は相当のものでした！

そして、いつも見守ってくださる担当さま、取材を快く引き受けてくださったTちゃん、友人、家族、本書を手にとってくださったみなさまに、心からの御礼と感謝を。

二〇一四年六月　伽月るーこ

文庫化おめでとうございます！

2014.7. 壱也

逃《に》がさないよ?

ケダモノ外科医《げかい》、恋《こい》を知《し》る

オパール文庫をお買い上げいただき、ありがとうございます。
この作品を読んでのご意見・ご感想をお待ちしております。

ファンレターの宛先
〒102-0072　東京都千代田区飯田橋3-3-1
プランタン出版　オパール文庫編集部気付
伽月るーこ先生係／壱也先生係

著　者――**伽月るーこ**(かづき るーこ)
挿　絵――**壱也**(いちや)
発　行――**プランタン出版**
発　売――**フランス書院**
〒102-0072　東京都千代田区飯田橋3-3-1
電話(営業)03-5226-5744
　　(編集)03-5226-5742
印　刷――誠宏印刷
製　本――若林製本工場

ISBN978-4-8296-8221-0 C0193